AF509477

TROIS
COEURS DE FEMMES,

VAUDEVILLE EN TROIS ACTES,

PAR MM. ACH. DARTOIS, AD. DENNERY ᴇᴛ BURAT DE GURGY.

REPRÉSENTÉ POUR LA PREMIÈRE FOIS, SUR LE THÉATRE DES VARIÉTÉS,
LE 17 NOVEMBRE 1856.

Un homme dans mon appartement! — Parbleu! il y en a bien trois qui frappent dehors.
(ACTE II. SCÈNE XII.)

PARIS,

NOBIS, ÉDITEUR, RUE DU CAIRE, N° 5.

—

1836.

BABYLAS.   MM. VERNET.
AMÉDÉE.   ALEXANDRE.
SAINT-GILLES.   HYACINTHE.
LÉGER.   PROSPER GOTHI
LE RÉGISSEUR.   RÉBARD.
CLORINDE, danseuse.   Mmes ATALA.
DOROTHÉE, jeune veuve.   JOLIVET.
PAQUITTE, fleuriste.   HÉBERT-MASSY
ESTHER.   POUGAUD.
ZÉLIE,   danseuses.   GEORGINA.
CAMILLE.   ANAÏS.
FENELLA.   ALBERTI.
UNE BONNE.   FLEURY.
UNE MODISTE.   AIMÉE.
UN PETIT GROOM.   M. MAYER.

La scène est à Paris.   au 1er acte, chez Amédée ;
                        au 2me, chez Clorinde ;
                        au 3me, chez Dorothée

J.-R. MÉVREL, passage du Caire, 54.

TROIS CŒURS DE FEMMES,

VAUDEVILLE EN TROIS ACTES.

ACTE I.

Une chambre mansardée. — Au fond, un rideau s'ouvrant à volonté ; à droite, au fond, une fenêtre ; çà et là, quelques bocaux et instrumens de chimie ; à gauche, une petite table avec des cartes dessus. Fauteuils.

SCÈNE I.

AMÉDÉE, seul.

(Il est assis dans un grand fauteuil, auprès de lui se trouve encore le costume qu'il portait au bal.)

La belle invention que les bals masqués !.. quelle foule, quel bruit, quelle poussière, quel plaisir, quel ennui, quelle variété, et que d'intrigues !.. Eh bien ! me voici comme les autres... j'admire tout cela.

Air vaudeville de Jadis et Aujourd'hui.

Ces spectacles qui nous séduisent,
N'ont cependant rien d'étonnant ;
Que de gens, quand ils se déguisent,
Changent de masque seulement !
Dans ce monde plein de folie,
Où l'on est moqueur ou moqué,
On peut bien dire que la vie
N'est, après tout, qu'un bal masqué.

Ah ! mon Dieu ! oui, ce n'est pas autre chose... mais cette fois, je n'ai pas perdu mon temps en de folles intrigues... je me suis préparé une occupation très amusante... et de plus, je l'espère, une bonne action ; ce que c'est pourtant que le hasard !..Le cousin Babylas, que je n'avais point vu depuis mon enfance, s'avise de venir à Paris, et au lieu de descendre directement chez moi, il va se fourvoyer au bal en débarquant de la diligence... Déguisé en magicien, je cherchais quelque bonne tête facile à exploiter... lorsque mon cousin tombe sous ma baguette... sa grosse figure fraîche et niaise me le fait remarquer, je le reconnais à son nom qu'au premier mot il s'empresse de me dire... je m'attache à ses pas, j'épie toutes ses démarches auprès de trois dominos charmans qu'il courtise, et je suis témoin de tout ce qui se passe entre lui et ses belles : bientôt il est victime d'une scène de jalousie ; sur le point d'être arrêté, je le vois poursuivi de toutes parts, franchir l'espace, s'échapper par les loges, les galeries et disparaître enfin dans le paradis !.. le projet le plus bizarre s'offre aussitôt à mon esprit... sachant par lui-même que sa première visite sera pour son cousin Amédée Dennemont, le chimiste, c'est moi ; je me fais passer auprès de ces trois dominos pour un homme extraordinaire... pour le fameux sorcier de Tivoli... et tous trois me promettent séparément de venir me consulter au sortir du bal... Rentré déjà depuis long-temps, j'ai pris toutes mes mesures ; dès que ces dames arriveront, des rafraîchissemens préparés fermeront leurs beaux yeux fatigués par le bal... et je veux si bien faire que Babylas se croie ici chez le diable... il est si crédule ! mes traits qu'il ne saurait se rappeler, ce laboratoire, ces ustensiles de chimie... tout doit concourir au succès de cette folie... mais que peut-il être devenu ?.. il serait temps qu'il arrivât... s'il avait été conduit au corps-de-garde !..

SCÈNE II.

AMÉDÉE, BABYLAS.

(Babylas paraît sur le toit ; il passe la tête par la fenêtre, et porte encore son costume de pierrot.)

BABYLAS.

Y a-t-il quelqu'un ?

AMÉDÉE.

Que vois-je ?..

BABYLAS.

Ne vous dérangez pas.

AMÉDÉE, à part.

C'est ma foi lui!.. il paraît qu'il a voyagé sur les toits...

BABYLAS.

Pardon, si je ne me suis pas fait annoncer, c'est que je n'ai trouvé personne dans l'antichambre.

AMÉDÉE, à part.

Je le crois bien!

BABYLAS, s'asseyant sur l'appui de la fenêtre:

Air. On dit que je suis sans malice.
Par ce chemin-là, ma personne
En se présentant vous étonne.

AMÉDÉE.

M'étonne? moi? n'en croyez rien
De cette nuit je me souvien!..
Au paradis, tout d'une haleine
Vous ayant vu monter sans peine,
Je dois trouver' tout naturel
Qu'en ces lieux vous tombiez du ciel.

BABYLAS.

Qu'est-ce que vous dites donc?.. quoi! vous savez...

AMÉÉÉE.

Votre dispute au bal?.. je sais bien autre chose!.. mais, entrez, car vous êtes mal assis...

BABYLAS.

C'est vrai!.. et puisque vous le permettez... (Descendant et le saluant.) Monsieur, j'ai bien l'honneur...

AMÉDÉE.

Je vous attendais...

BABYLAS, montrant la fenêtre.

Par là?..

AMÉDÉE.

Par là.

BABYLAS.

Ah!.. eh bien! vous saurez donc, que pendant ma dispute au bal, craignant d'être arrêté; je voyais venir la garde, je monte un escalier, deux, trois, quatre... je prends le premier chemin venu.

AMÉDÉE.

C'était un toit.

BABYLAS.

C'était un toit; une fois là-dessus, impossible d'en descendre.

AMÉDÉE.

Et vous avez voyagé au milieu des chats et des paratonnerres, jusqu'à ce que cette fenêtre vous offrît une porte d'entrée.

BABYLAS.

Juste!.. mais qui a pu vous dire?..

AMÉDÉE.

C'est moi qui vous ai suggéré l'idée de venir de ce côté.

BABYLAS, étonné.

Comment?.. c'est vous...

AMÉDÉE, à part.

Soutenons notre rôle! (Avec emphase.) Oui, Babylas!

BABYLAS, plus étonné.

Vous savez mon nom!.. qui donc êtes-vous?..

AMÉDÉE.

Je suis un descendant du célèbre Nostradamus... Rien ne m'échappe, ni l'avenir ni le passé...

BABYLAS, vivement.

Vous êtes sorcier?.. vous étiez peut-être un des chats qui tout à l'heure sur les gouttières me regardaient passer, et qui m'a fait fff.... quand je lui ai marché sur la patte. Eh bien! je ne vous remets pas du tout.

AMÉDÉE, avec assurance.

Tu es Babylas, natif de Caudebec en Normandie ; fils unique de Rigobert Babylas et de Perpétue Babylas sa femme, propriétaires, de leur vivant, d'une riche fabrique de racahout des Arabes, autrement dit, fécule de pomme de terre.

BABYLAS.

C'est bien ça!..

AMÉDÉE.

A l'aide de laquelle en te quittant ils t'ont laissé, pour vivre ici-bas, une trentaine de mille livres de rentes.

BABYLAS, pleurant.

Ah! mon Dieu! oui... (Essuyant ses yeux.) Et que je leur rendrais bien volontiers s'ils pouvaient revenir auprès de moi.

AMÉDÉE, à part.

Excellent garçon!.. tu mérites bien que je veille sur toi... (Haut.) Tu vois que je te connais?..

BABYLAS.

Comme moi-même.

AMÉDÉE.

Mieux encore... je sais l'avenir qui t'est réservé... je sais que tu as courtisé cette nuit trois dominos.

BABYLAS.

C'est-à-dire, trois dames... déguisées en dominos.

AMÉDÉE.

Que l'une t'a donné une bague, l'autre une rose... et la troisième un ruban!..

BABYLAS.

Juste!..

AMÉDÉE.

Je sais même que c'est avec un M. de Saint-Gilles que tu t'es pris de querelle...

BABYLAS.

Saint-Gilles, vous l'appelez?.. c'est parfait! quoi!.. vous seriez réellement ce que vous dites?.. et ça en 1836?.. Eh bien! alors, les reverrai-je, les trois dames?

AMÉDÉE.

Dès que tu le voudras.

BABYLAS.

Tout de suite.

AMÉDÉE.

Tu es bien pressé... (A part.) On ne m'a pas encore apporté les renseignemens que j'ai envoyé chercher à leur domicile. (Haut.) Tu es donc amoureux de l'une d'elles?

BABYLAS.

Je suis amoureux de toutes!

AMÉDÉE, à part.

Quel gaillard!.. (Haut.) Mais encore faudra-t-il faire un choix?

BABYLAS.

Si c'est indispensable, je m'y résignerai.

SCÈNE III.

LES MÊMES, UN PETIT GROOM.

LE GROOM, bas à Amédée, en lui donnant un papier.

Monsieur, voilà les renseignemens sur les trois dames en domino. (Plus bas.) Elles sont arrivées, elles ont bu et se sont endormies.

AMÉDÉE.

Babylas! si je voulais, à l'instant même, je te montrerais une de tes trois conquêtes, et je te dirais qui elle est... la rose, par exemple !

(Il parcourt le papier.)

BABYLAS.

Il se pourrait !

AMÉDÉE.

Si je voulais! je te montrerais deux de tes conquêtes ; la blanche et la rose.

BABYLAS.

De plus fort en plus fort!

AMÉDÉE.

Si je voulais, enfin, je te montrerais tes trois conquêtes!.. la blanche, la rose et la bleue.

BABYLAS.

Les trois couleurs sont revenues!.. j'accepte, j'accepte sans tarder davantage!

AMÉDÉE, prenant sa baguette de magicien et faisant des signes.

AIR de Psyché.

Ici, tu vas connaître,
Mon art surnaturel !
Tu vas les voir paraître
Ensemble à mon appel !
Venez en sa présence,
Placez-vous à ma voix :
Qu'il croie en ma puissance.

(Il étend sa baguette : au moment où Babylas finit les deux vers suivans, le rideau s'ouvre et laisse voir les trois femmes dans leur costume de bal, endormies sur un canapé.)

BABYLAS.

Jamais je ne crois
Que lorsque je vois.   (Voyant les trois femmes.)
Je crois!..

Mais c'est que ce sont elles... je les reconnais tout entières!.. ah! sorcier! décidément tu es sorcier... il faut que je te tutoie... on tutoie toujours les sorciers... Ah! qu'elles sont jolies!.. sorcier... sorcier... plus tu vas, et plus tu excites mon admiration, je ne sais comment te dire, t'exprimer... il faut que je leur donne un gros baiser.

AMÉDÉE, étendant sa baguette.

Arrête!

AMÉDÉE.

AIR : Qu'il est flatteur d'épouser celle.

En leur donnant ainsi l'alarme,
Tu verrais le charme cesser...

BABYLAS.

Je crois qu'au contraire le charme,
Ce serait de les embrasser...
Et j'ai cru que par ta magie,
Tu ne les faisais sommeiller
Que pour me donner, bon génie,
L'agrément de les réveiller.

AMÉDÉE.

Regarde-les tant que tu voudras...

BABYLAS, les regardant.

Je suis tout je ne sais comment... Ah! Dieu!.. ah! Dieu!

AMÉDÉE.

Allons, calme-toi, il s'agit de choisir.

BABYLAS.

C'est vrai; eh bien! je les choisis toutes les trois.

AMÉDÉE.

Impossible!.. Pour te guider, je vais te dire qui elles sont.

BABYLAS.

Je vous écoute de la tête aux pieds... il me semble que je rêve, que tout ce que je vois n'est qu'une friction... une simple friction!

AMÉDÉE.

Je procède...la blanche a nom Paquitte... c'est une jeune fleuriste, bien douce, bien timide, ayant encore toute son innocence.

BABYLAS.

Je l'épouse !

AMÉDÉE.

Elle n'allait au bal que pour accompagner l'une de ses pratiques.

BABYLAS.

Que pour ça!

AMÉDÉE.

La rose a nom Clorinde... c'est une jeune danseuse de l'Opéra.

BABYLAS.

Une danseuse !

AMÉDÉE.

Bien douce...

BABYLAS.

Bon ! bon ! bien timide, ayant encore toute son innocence.

AMÉDÉE.

Je ne dis pas ça... une danseuse...

BABYLAS.

Comment ?.. est-ce que...

AMÉDÉE.

Ce qui est certain, c'est qu'elle est jolie.

BABYLAS.

Très jolie... et je l'épouse !

AMÉDÉE.

Aussi ?.. la troisième, la bleue, a nom Dorothée ; c'est une jeune veuve. bien...

BABYLAS, vivement.

Oui, je sais : bien douce, bien timide, ayant encore toute son innocence.

AMÉDÉE.

Une veuve ?.. ça n'est pas probable...

BABYLAS.

C'est juste !.. n'importe, elle me plaît... et je l'épouse !

AMÉDÉE.

Mais, ça fait trois.

BABYLAS.

Ça ne fait rien !

(Il fait quelques pas vers les femmes.)

AMÉDÉE, étendant sa canne.

Les lois s'y opposent.

(Le rideau se referme.)

BABYLAS.

Je n'y prenais pas garde... au fait, d'abord la blanche n'est qu'une fleuriste... une simple femme de ma classe... je ne peux pas descendre jusque-là !..

AMÉDÉE.

Pourquoi la dédaigner ?.. c'est peut-être la meilleure.

BABYLAS.

Allons donc ! une danseuse ! c'est si séduisant ! une jeune veuve, ça a tant d'attraits !

AMÉDÉE.

Eh bien ! agis à ton aise ! elles vont venir toutes trois me consulter comme sorcier... tu prendras ma place, tu en jugeras par toi-même.

BABYLAS.

Ah ! magicien, tu es enchanteur !

AMÉDÉE.

Revêts cette robe magique pour qu'on ne puisse te reconnaitre... Prends cette baguette.

BABYLAS.

Il n'y a pas de danger ?

AMÉDÉE.

Aucun... et souviens-toi que je suis à tes ordres.

BABYLAS.

Allons donc, vous plaisantez... c'est bien moi qui suis aux vôtres...

AMÉDÉE.

Air : Final de Victorine.

Mais sans tarder, il faut que je te quitte,
Toutes les trois vont se rendre en ces lieux ;
Observe bien leur beauté, leur mérite ;
Puis, nous ferons tout pour te rendre heureux.

BABYLAS.

(On frappe à la porte.)

Sorcier, qui frappe ?

AMÉDÉE.

Ah ! ça se voit d'avance,

Toi-même peux-tu l'ignorer ?
C'est la grisette... l'innocence
Frappe toujours avant d'entrer !   (On frappe encore à la porte.)

BABYLAS.

ENSEMBLE.
Il en est temps, sorcier, va-t-en bien vite ;
Toutes les trois vont se rendre en ces lieux.
J'observerai leur beauté, leur mérite ;
Puis, tu feras tout pour me rendre heureux.

AMÉDÉE.

Oui, sans tarder, etc.

(Il sort du côté gauche. — On frappe encore.)

SCÈNE IV.

BABYLAS, puis PAQUITTE.

BABYLAS.

Bon ! je suis prêt... entrez !.. (Voyant Paquitte entrer et refermer la porte.) Oui, ma foi !.. c'est la grisette... la simple grisette ; expédions-la en diligence !

PAQUITTE, descendant la scène, avec naïveté.

Monsieur le sorcier, s'il vous plaît ?

BABYLAS, assis dans le fauteuil.

Il est devant vous.

PAQUITTE.

Devant moi !.. ah ! mon Dieu !

BABYLAS.

Eh bien, quoi !.. vous tremblez !.. (A part.) Oh ! comme elle est gentille ! (Haut.) Regardez-moi donc un peu, pour voir.

PAQUITTE.

Moi !.. sorcier ?..

AIR : Rien n'est si doux que l'air natal.

Te regarder ! suis-je donc si hardie ?
Quand je voudrais devant toi me voiler :
De ce qu'il faut qu'ici je te confie
Comment alors pourrais-je te parler ?
(En s'excusant.)   Sorcier, je suis soumise,
Si ma paupière est encore indécise,
Ah ! dans mes yeux, sorcier, c'est que j'ai peur
          Que ton regard ne lise
Ce qui se passe dans mon cœur !

BABYLAS, à part.

Oh ! comme elle chante !

PAQUITTE.

Mais ce secret, j'éprouve à te le dire
Un embarras qui ne peut s'égaler ;
En ce moment si tu pouvais le lire
Je n'aurais pas besoin de t'en parler,
(Avec résignation.)   Sorcier, je suis soumise
Et je n'ai plus la paupière indécise ;
Vois dans mes yeux, sorcier, je n'ai plus peur,
          Que ton regard y lise
Ce qui se passe dans mon cœur.

BABYLAS, à part.

Pauvre petite poule ! a-t-elle l'air tendre ! (Haut, se levant.) Eh bien ! voyons : je lis dans ces yeux-là que tu viens me consulter sur un jeune homme que tu as vu cette nuit.

PAQUITTE.

C'est ça, sorcier !

BABYLAS, à part.

Elle est charmante ! (Haut.) Un très joli garçon ?..

PAQUITTE.

Non, non... pas joli... oh ! pas joli du tout.

BABYLAS, à part.

Pas joli !.. pas joli !.. décidément ce n'est qu'une grisette comme on en voit tous les jours.

PAQUITTE, avec naïveté.

Mais il avait l'air bien bon enfant.

BABYLAS, à part.

Oui, va, bon enfant ! tu vas voir ! (Mêlant un jeu de cartes.) Otons-lui toute espérance, et bien vite. (Lui montrant trois cartes qu'il tire du jeu.) Jeune fille . les cartes m'annoncent que vous devriez vous faire religieuse.

PAQUITTE.

Religieuse ?.. plus souvent !

BABYLAS.

Religieuse, ou sœur du pot, vous pouvez choisir.

PAQUITTE.

Mais je ne veux pas... ce serait bien la peine d'être gentille et sage, d'avoir résisté à de gros agens de change, et à des petits clercs !..

BABYLAS.

Mais c'est justement à cause de ça... innocente que vous êtes !.. et je vois dans les cartes...

PAQUITTE.

Mais faites-moi donc le grand jeu !..

BABYLAS.

Le grand jeu ?

PAQUITTE.

Eh oui ! sorcier ; tenez, que je vous montre... (Elle prend les cartes et les étale.) Comme ça... car je me tire quelquefois la bonne aventure... Une, deux, trois, quatre, cinq, six et sept... valet de cœur !.. une, deux...

BABYLAS, reprenant les cartes.

Donnez donc !.. donnez donc !.. croyez-vous que je ne sais pas mon métier ?.. (A part, portant la table au milieu du théâtre.) J'ai vu faire ça à Mᵐᵉ Putiphar, ma vieille gouvernante... (Il étale les cartes.) Jeune fleuriste, les cartes m'annoncent bien des défectuosités pour vous, en amour.

PAQUITTE.

Mais du tout !.. neuf de cœur, réussite !.. as de trèfle, une bonne nouvelle ! trois dix, grand succès !..

BABYLAS.

Bonne nouvelle, réussite, grand succès ! oui, mais pour vos ennemis.

PAQUITTE.

Mais non, pour moi, à cause du valet de cœur... le jeune homme de cette nuit.

BABYLAS.

Mais non... mais non !

PAQUITTE.

Mais si... mais si !

BABYLAS.

Mais du tout, du tout ! vous voyez bien que non. puisque le valet de cœur, le jeune homme de cette nuit ne vous aime pas.

PAQUITTE.

Mais si fait, il m'aime !

BABYLAS.

Il ne peut pas vous souffrir le valet de cœur !.. il en aime une autre, le valet de cœur !.. il en aime même deux autres, le valet de cœur !.. ainsi, ma chère, laissez-le un peu tranquille, et ne le martyrisez pas, ce malheureux valet de cœur !

PAQUITTE.

Mais les cartes disent comme il me disait cette nuit... qu'il m'épousera !

BABYLAS, vivement.

Les cartes disent des bêtises.

PAQUITTE.

Des bêtises !.. les cartes ?

BABYLAS, portant la table à droite.

Elles disent des bêtises. parce que c'est vous qui les faites parler !

PAQUITTE.

Vous êtes bien honnête !

BABYLAS.

Je suis honnête... je suis honnête!.. je suis sorcier!.. la vérité avant
tout! la preuve que le valet de cœur ne vous aime pas c'est qu'il a donné
à une autre la bague qu'il tenait de vous.

PAQUITTE.

Ma bague!.. il l'a donnée?

BABYLAS, la montrant.

Voilà!..

PAQUITTE, la prenant.

Oui, c'est bien elle... déjà à une autre!.. et qui est-elle cette autre?

BABYLAS.

Une danseuse.

PAQUITTE.

Une danseuse!.. merci, sorcier... je n'en veux pas savoir d'avantage...
je ne demande même pas comment cette bague est tombée entre tes mains.
oh! mon Dieu! qui m'eût dit que le premier **gage** d'amour que je donne-
rais me reviendrait si vite...

BABYLAS.

Je le garderai, si vous voulez!

PAQUITTE.

Non, non; ce n'était que pour lui. Comment, il renonce à moi?.. sans
avoir vu mes traits. ma petite mine... il n'est guère curieux... il ne sait
pas ce qu'il perd!

BABYLAS.

Oh! que si... et ça me bouleverse!

PAQUITTE.

AIR : Adieu !.. à la grace de Dieu !

Je me mettais sous sa puissance,
Et je lui donnais sans regrets
Ma jeunesse, mon innocence,
Le peu de beauté que j'avais;
Mais puisque le perfide cesse,
Par moi déjà d'être tenté
Et qu'il méprise ma jeunesse
Mon innocence et ma beauté.
J'emporte tout... adieu !..
A la grace de Dieu !

(Elle sort. —Babylas la suit tristement des yeux.)

SCÈNE V.

BABYLAS, seul, découvrant sa figure.

Ouf! respirons! la voilà en allée... A LA GRACE DE DIEU!.. eh bien! j'ai le
cœur tout je ne sais comment!.. elle semblait m'aimer de si bonne foi!..
et puis. sa petite mine, comme elle l'appelait, m'attirait... me magnéti-
sait... me... ah bah! D'ailleurs, elle ne me trouve pas joli du tout. Et puis
est-ce que je n'ai pas dix fois mieux que ça?.. La danseuse!.. et en comp-
tant la veuve... ça fait vingt fois mieux que ça... Qu'est-ce qui ouvre la
porte?.. ah! c'est la veuve... c'est pas comme l'innocence, ça ne frappe
pas avant d'entrer...   (Il rabat son capuchon.)

SCÈNE VI.

BABYLAS, DOROTHÉE, SAINT-GILLES.

BABYLAS.

Ah! mon Dieu! elle n'est pas seule!   (Il s'asseoit dans un grand fauteuil.)

SAINT-GILLES.

Vous le voyez. belle dame... je suis arrivé à temps pour consulter ce célèbre devin.

BABYLAS, à part.

C'est celui avec qui je me suis querellé cette nuit et qui m'a fait voyager
comme un lapin de gouttières...

DOROTHÉE, montrant Babylas.

Voici notre sorcier.

BABYLAS, dans son fauteuil.

Qui que tu sois qui veux savoir la vérité, grisette ou duchesse, petit ou grand.

SAINT-GILLES, à part se redressant.

Grand !.. c'est moi...

BABYLAS.

Approche du puits de science!

SAINT-GILLES, tandis que Dorothée ôte ses gants.

M'y voilà! (Bas, en lui glissant sa bourse.) Tenez, que cela tombe dans le puits, et dites qu'il faut qu'elle épouse un jeune homme charmant qui l'adore... moi, Saint-Gilles... vous l'entendez?

BABYLAS.

Qu'elle vous épouse... vous? mais vous faisiez la cour cette nuit à...

SAINT-GILLES, bas.

Comment, grand devin, vous savez cela? silence !.. ne prononcez pas le nom de Clorinde, de cette ravissante danseuse!

DOROTHÉE, revenant à Saint-Gilles.

Est-il prêt à m'écouter?

BABYLAS, à part.

Clorinde, la danseuse!.. scélérat! deux fois mon rival!.. (Haut sans retourner la tête.) Que veux-tu, femme charmante?

SAINT-GILLES, à Dorothée.

Vous voyez!.. sans regarder... c'est un homme extraordinaire!..

DOROTHÉE.

Sorcier, éclaire-moi sur mon état!

BABYLAS, à part.

Son état!.. oh! oh!.. qu'est-ce qu'elle veut donc dire?.. (Regardant les cartes.) Ah! je le vois... tu n'as pas besoin de parler... Jeune veuve, c'est un mari qu'il te faut!

SAINT-GILLES.

Bravo!.. bravo!.. oh! grand sorcier! tu as trouvé juste.

BABYLAS.

La main?.. (Il la lui prend, et à part.) Elle est très jolie sa main!

DOROTHÉE.

Eh bien! sorcier, qu'y voyez-vous?

BABYLAS.

Qu'il faut épouser un jeune homme charmant qui vous adore.

SAINT-GILLES.

Un jeune homme charmant!.. il a raison, c'est moi qui suis le jeune homme charmant, il faut être sorcier pour voir ça!

BABYLAS, bas à Dorothée.

Éloignez ce monsieur.

DOROTHÉE.

M. de Saint-Gilles, regardez donc toutes ces curiosités...

SAINT-GILLES.

Oui, oui, je comprends! par modestie, je ne dois pas écouter. (Il va regarder les ustensiles.)

DOROTHÉE.

Eh bien! monsieur, vous disiez?..

BABYLAS.

Que celui qui vous aime, vous adore, et qu'il faut épouser... c'est le jeune homme du bal de cette nuit.

DOROTHÉE.

Quoi! cet inconnu?

BABYLAS.

Est un jeune prince déguisé.

DOROTHÉE.

Un prince!

BABYLAS.

Un prince étranger... (À part.) Un prince normand!

SAINT-GILLES, à lui-même.

C'est ravissant comme ça marche! j'ai bien fait de solder ce drôle.

BABYLAS.

Vous l'aimerez, n'est-ce pas?.. vous l'aimerez?.. et il gardera comme un talisman ce nœud qui en présage de si doux.

DOROTHÉE.

Mon ruban! comment se fait-il?..

CLORINDE, dehors.

J'entrerai, vous dis-je, je suis lasse d'attendre.

SAINT-GILLES.

Ah! mon Dieu!

DOROTHÉE.

Quel est ce bruit?

SAINT-GILLES, à part.

C'est la voix de Clorinde!.. si elle me voyait!.. pris entre elles deux... sorcier, si tu pouvais m'escamoter?

SCÈNE VII.

LES MÊMES, CLORINDE.

CLORINDE.

Je vous dis que j'entrerai... je ne suis pas venue pour rien... une danseuse ne doit jamais perdre ses pas.

DOROTHÉE.

Une danseuse!

BABYLAS, à part.

C'est ma Clorinde!

SAINT-GILLES, à part.

Je me cacherais dans une clarinette.

CLORINDE.

Que vois-je?.. Saint-Gilles, ici!

DOROTHÉE.

Saint-Gilles!

CLORINDE.

Avec une femme!

DOROTHÉE, à Saint-Gilles.

Vous connaissez des danseuses!.. vous qui voulez m'épouser!..

CLORINDE.

L'épouser!.. l'infâme!.. le perfide!

BABYLAS, à part.

Bon! voilà le ciel qui me venge!

DOROTHÉE.

Air : Restez, restez troupe jolie.

A ce trait devais-je m'attendre?

CLORINDE.

Ah! vous êtes un monstre affreux ;
Nous devrions, pour vous apprendre,
Ici vous arracher les yeux.

SAINT-GILLES.

M'arracher les yeux!.. la colère
Peut-elle ainsi vous égarer?
Si je vous déplais, au contraire,
Laissez-moi les yeux pour pleurer.

DOROTHÉE.

Je vous défends de revenir chez moi... tous les hommes sont des trompeurs...

(Elle va pour sortir.)

BABYLAS, l'arrêtant, bas.

Et le prince étranger?

DOROTHÉE, bas.

Il peut se présenter.

BABYLAS, à part.

Bravo!.. Et d'une!..

(Il reconduit Dorothée.)

SCÈNE VIII.

SAINT-GILLES, CLORINDE, BABYLAS.

SAINT-GILLES, à Clorinde.

Ma bonne amie. je vous jure...

CLORINDE.

Laissez-moi!.. vous me le paierez cher!

SAINT-GILLES.

C'est mon habitude.

CLORINDE.

Je vous hais...je vous déteste!..

BABYLAS, à part.

Bon, bon!.. va toujours!

CLORINDE.

M'abuser ainsi!.. moi, si confiante!.. si naïve!..

BABYLAS, à part.

Grand scélérat!

CLORINDE.

Me sacrifier odieusement, vouloir en épouser une autre, sans avoir même la délicatesse de me prévenir un mois d'avance.

BABYLAS, à part.

C'est vrai!.. le moindre congé... c'est six semaines.

CLORINDE.

Ah!.. c'est horrible!.. c'est... c'est... abominable!..

BABYLAS. (Elle tombe dans un fauteuil.)

Ah! mon Dieu!.. elle se trouve mal!

SAINT-GILLES.

Vous croyez?

BABYLAS, à part.

Si je pouvais rester seul avec elle!.. (Haut.) Là!.. dans une pièce voisine, vite un flacon de vinaigre!.. Allez donc. monsieur!..

SAINT-GILLES.

J'y vais... j'y vais!..

BABYLAS, se mettant à genoux, et rejetant son capuchon en arrière.

Clorinde!.. chère Clorinde!

CLORINDE.

Où suis-je?.. que vois-je!.. le jeune homme de cette nuit!

BABYLAS.

Lui-même!.. qui ne vous trompera pas, lui. et qui expire d'amour!

CLORINDE.

Mais qui êtes-vous?

BABYLAS, vivement.

Trente mille livres de rentes.

CLORINDE.

C'est un bel état!..

BABYLAS.

De plus, marchand de bois en gros... Et cette rose que je tiens de vous. ne me quittera que bien après le trépas!

SAINT-GILLES, encore dans la chambre.

Voilà!.. voilà!..

CLORINDE.

Saint-Gilles!.. je l'oubliais!

(Elle s'évanouit.—Babylas se relève et baisse son capuchon.)

SAINT-GILLES, un flacon à la main.

Tenez... faites-lui respirer ça...

BABYLAS, lisant l'étiquette.

Malheureux! mais c'est de l'acide prussique.

SAINT-GILLES.

Ça pourrait l'incommoder; je vais en chercher un autre.

(Il sort; Clorinde rouvre les yeux.)

BABYLAS, se remettant à genoux.

Chère Clorinde, vous ne m'avez pas dit si je puis espérer... nous n'avons qu'un instant, et il faut que je vous revoie, il le faut!..

CLORINDE.

Laissez-moi, de grace, monsieur... rendez-moi la clé qui est dans mon mouchoir.

BABYLAS.

Il y a une clé?.. Tiens, c'est vrai!

CLORINDE.

C'est celle de ma loge... rendez-la-moi!.. Comment ferais-je. si je n'en avais pas une seconde?

BABYLAS.

Mais. puisque vous en avez une seconde?

SAINT-GILLES, rentrant.

En voici un autre!.. en voici un autre!..   (Clorinde feint d'être encore évanouie.

BABYLAS.

Voyons... vous voulez lui faire avaler ça?..encre de la petite vertu...quelle
horrible noirceur!.. allez donc, et choisissez mieux...

SAINT-GILLES.

J'irai tant que vous voudrez...comme ça doit l'ennuyer de rester si long-
temps évanouie!   Il sort.

CLORINDE, se levant.

Mais, monsieur, cette clé vous sera inutile, je ne me trouve dans ma
loge que le soir... et je ne suis seule qu'à dix heures.

BABYLAS.

Eh bien donc. ce soir dans votre loge, à dix heures!

SAINT-GILLES, revenant.

J'ai enfin trouvé!.. Elle a repris connaissance?.. c'était pourtant de l'excellent jus de réglisse!..

CLORINDE.

Allons. c'est bien!.. donnez-moi votre bras jusqu'à votre voiture; le
sorcier m'a appris tout ce que je désirais.

SAINT-GILLES.

Comment!..pendant que vous étiez évanouie... quand vous aviez les yeux
fermés?

CLORINDE.

Je le voyais mieux qu'à présent.

SAINT-GILLES.

Ah! bah!.. c'est incroyable!

CLORINDE.

AIR de Robin des bois.

Adieu, sorcier; je suis ravie
De ce qu'ici tu m'as fait voir.
Et je sais, grace à ta magie,
Plus que je ne voulais savoir.
J'ai reçu de vous une offense...
Mais je puis pardonner enfin...

SAINT-GILLES.

Ah! j'embrasse cette espérance.

BABYLAS, prenant la main de Clorinde.

Et moi, j'embrasse cette main.

ENSEMBLE.

CLORINDE.

Adieu, sorcier; je suis ravie... etc.

BABYLAS	**SAINT-GILLES**
Ah! quel bonheur! elle est ravie,	Adieu, sorcier; elle est ravie
Et je suis fier de la revoir!	Et je crois beaucoup te devoir;
Danseuse charmante et chérie,	Elle sait, grace à ta magie,
A ce soir! sans faute, à ce soir!	Plus qu'elle ne voulait savoir.

(Saint-Gilles sort avec Clorinde, à qui il donne le bras.

SCÈNE XI.

BABYLAS, seul.

Bravo!.. bravo!.. ça va un train du diable... la grisette dont je suis débar-
rassé, la veuve dont j'ai su m'ouvrir le cœur... la danseuse, la ravissante
sylphide dont je peux m'ouvrir la porte... et à toute heure encore!.. Maintenant. rappelons mon protecteur...

AMÉDÉE.

Me voici. J'ai deviné ton désir... eh bien! es-tu satisfait?

BABYLAS.

Ravi. enchanté. transporté... Je vais à mon garni quitter ce costume.
m'habiller...et dès aujourd'hui. chez la danseuse...

AMÉDÉE.

Chez la danseuse !

ENSEMBLE.

Air : Sors d'ici monstre infâme.

BABYLAS.

Pour mon cœur, plus d'obstacles !
Un génie, avec moi !..
Je ferai des miracles ;
Tout cela grace à toi !

AMÉDÉE.

Pour ton cœur, plus d'obstacles.
Un génie, avec toi !..
Tu feras des miracles ;
Et cela grace à moi !

FIN DU PREMIER ACTE.

ACTE II.

Un salon. — A gauche, un paravent.

SCÈNE I.

Toutes les danseuses en costume du matin.

**CLORINDE, ZÉLIE, CAMILLE, FÉNELLA, ESTHER,
PLUSIEURS DANSEUSES.**

CHOEUR.

Air : Au plaisir, à la folie. (ZAMPA.)

C'est le moment d'être heureuse,
Allons-nous toutes sauter !
Rien n'est pour une danseuse,
Si doux que de répéter.

CLORINDE, assise.

Mesdemoiselles, j'ai consenti à ce qu'une répétition préparatoire eût lieu ici, chez moi, parce que je suis indisposée...

ZÉLIE, à Camille.

Et qu'elle craint les rhumes de cerveau.

CAMILLE.

C'est gênant pour la danse.

ZÉLIE.

Mais c'est égal. Quoique nous ne soyons pas au foyer, nous avons toutes nos roses...

ESTHER.

Oh! d'abord, une danseuse sans rose, c'est comme un corps... SANS FLAMME.

FÉNELLA.

Déjà Esther avec ses proverbes.

ZÉLIE.

D'où lui vient donc cette manie de parler en proverbes? tu déshonores les danseuses, ma parole d'honneur.

CLORINDE, se levant.

Dès que M. Léger, notre maître de ballet sera arrivé, nous répéterons notre ensemble.

ESTHER.

Et ton nouveau pas à toi ?

CLORINDE.

Je ne l'ai pas encore arrêté... je voudrais trouver quelque chose de naïf, d'innocent.

ZÉLIE.

Je crois bien... c'est difficile !

CLORINDE.

Si M. Léger était là, il m'aiderait.

ESTHER.

Ah! oui, M. Léger. C'est pour toi qu'il m'a coupé un rond de jambe et trois pirouettes.

CLORINDE.

C'est dans ton intérêt: le commissaire de police dit que les pirouettes allongent le spectacle.

TOUTES, *riant.*

Ah! ah! ah! cette pauvre Esther!

ESTHER.

Bon! riez, riez... mesdemoiselles... et dire que c'est une cousine qui me vaut ça...on a bien raison de dire : On n'est jamais trahi que par les SERINS!

TOUTES, *riant.*

Ah! ah! ah!

CLORINDE.

Allons, finissons, mesdemoiselles! voilà le régisseur et M. Léger.

SCÈNE II.

LES MÊMES, LÉGER, LE RÉGISSEUR.

LÉGER.

Nous voici, nous voici, ravissantes sylphides.

LE RÉGISSEUR.

On va frapper, mesdemoiselles... c'est-à-dire, non, non, pas encore!..

CLORINDE.

Ce pauvre régisseur! il se croit toujours au théâtre, et au lever du rideau.

LE RÉGISSEUR.

L'habitude. Mais, nous ne sommes pas au complet... j'ai ma liste, et je comptais vous trouver au moins vingt ici...

ESTHER.

Ah! dam! qui compte sans SA NOTE compte deux fois.

LÉGER.

Commençons, notre pas, ensuite nous irons le répéter au théâtre.

CLORINDE.

Sans moi, bien entendu; car je suis trop souffrante.

LÉGER, *bas à Clorinde.*

Oui, il faut vous ménager!

Air de Céline.

Qu'au théâtre l'on se rassemble,
Moi, je m'esquive et vole ici...
Et nous ferons un pas ensemble;
Ah! que ce pas sera joli!
(Clorinde met le doigt sur sa bouche pour indiquer qu'il faut se taire.)

LE RÉGISSEUR, *bas à Clorinde.*

Vous êtes toujours mon oracle,
Et dans une heure à vos genoux,
Je viendrai faire mon spectacle...
Ce spectacle sera bien doux.

CLORINDE.

Chut! on nous observe.

LÉGER.

Allons, mesdemoiselles, en position! *(Toutes les danseuses, excepté Clorinde, se placent.)*

UNE BONNE.

Deux lettres pour mademoiselle.

CLORINDE.

Pour moi... vous permettez? *(Lisant pendant que le maître de ballet et le régisseur s'occupent de grouper les danseuses.)* « Mademoiselle! souffrez qu'un de vos » admirateurs les plus passionnés vienne aujourd'hui déposer son hom- » mage à vos genoux; je me présenterai par la porte secr... » Et la signature « Anastase X, de la loge infernale, côté droit; » et l'autre... la même demande, et signée : « Auguste W, de la loge infernale, côté gauche. » Il faut que j'écrive, que je m'oppose à ce qu'ils viennent, aujourd'hui surtout.

LÉGER, *prêt à jouer de sa pochette.*

Attention! prenez bien le mouvement!

FÉNELLA.

C'est dommage qu'il n'y ait pas là quelque amateur pour admirer nos graces.   *(Le maître de ballet donne l'accord. — On entend sonner.)*

TOUTES.

On sonne! on sonne!

SCÈNE III.

LES MÊMES, SAINT-GILLES.

SAINT-GILLES, entrant.

Me voilà! me voilà!

TOUTES, l'entourant.

Eh! c'est M. de Saint-Gilles.

ESTHER.

Il arrive comme Mars en calèche!

SAINT-GILLES.

Non, je suis venu en coupé... mes petites nymphes.

CLORINDE.

Vos chevaux n'allaient pas vite.

SAINT-GILLES.

Méchante!

LÉGER, au régisseur.

Quelle bonne physionomie il a!

SAINT-GILLES.

C'est que je ne suis pas venu en ligne directe, j'ai passé au théâtre où l'on m'a appris que vous étiez chez vous... avec cet essaim d'abeilles...

TOUTES

Est-il aimable!

SAINT-GILLES.

A qui j'apporte de quoi butiner... Fénella, à vous ce sautoir.

(Il le lui présente.)

FÉNELLA, avec joie.

A moi?

LE RÉGISSEUR.

Comme ça la fait sauter!

SAINT-GILLES.

A Zélie, cette ceinture, et pour Esther ces boutons de roses.(Il présente à chacune l'objet annoncé.)

ESTHER.

C'est ça!.. aux derniers les ronds!

SAINT-GILLES.

Au reste, ce paquet de petit-four! (Il le donne aux autres danseuses qui se le partagent. A Clorinde.) Quant à vous, belle Clorinde, vous trouverez sur votre toilette, une parure qui vous embellirait... si cela n'était déjà fait.

ESTHER.

Vous êtes un homme charmant!

TOUTES.

Charmant! charmant!

ZÉLIE.

AIR : Pégase est un cheval qui porte.

Je vous trouve, je vous le jure,
L'air d'un milord à sentiment.

ESTHER.

Votre nez dans votre figure,
Me semble même un agrément.

LE RÉGISSEUR.

Vous m'offrez une de ces têtes,
Au front tout-à-fait colossal!..

LÉGER.

Moi, sans vous flatter, vous me faites,
L'effet d'un payeur général.

CLORINDE.

N'est-il pas vrai que monsieur fera un excellent mari?

TOUTES.

Un mari!

ESTHER.

M. de Saint-Gilles se marie?.. et avec quoi?

SAINT-GILLES.

Avec quoi?

CLORINDE.

Oh! ce n'est pas avec moi, toujours... pour le mariage, il faut autre chose qu'une danseuse: aussi, monsieur a-t-il découvert une jeune Agnès qui l'épouse... en troisièmes noces.

TOUTES.

En troisièmes noces! (Riant.) Ah! ah! ah!

SAINT-GILLES.

Du tout!.. en secondes! en secondes! c'est bien assez!

CLORINDE.

Ah! vous en convenez donc?

SAINT-GILLES.

Deux heures! monsieur le maître de ballet! deux heures... régisseur!

LE RÉGISSEUR.

C'est juste!.. en place, mesdemoiselles!.. nous n'avons plus qu'une heure...   (Toutes les danseuses se remettent en place.)

LÉGER.

Allons, écoutez l'accord et partons ensemble!

UNE BONNE, entrant.

Il y a là une demoiselle...

TOUTES.

Une demoiselle?..

LA BONNE.

Elle vient de l'Opéra, où elle a demandé monsieur le maître de ballet... on l'a envoyée ici.

LÉGER.

Une demoiselle qui me demande?..

SAINT-GILLES.

Une nouvelle débutante, peut-être!

CLORINDE.

Faites entrer... (La bonne sort.) Mesdemoiselles, chacune à sa place, et que l'on s'observe.

LE RÉGISSEUR.

La voilà!

SCÈNE IV.

LES MÊMES, PAQUITTE.

PAQUITTE.

Oh!.. mon Dieu! que de monde!..

ENSEMBLE.

Air de Mila.

PAQUITTE.	TOUS.
De peur,	De peur,
Mon cœur	Son cœur
Tremble et s'agite ;	Tremble et s'agite,
En vain je veux	Déjà ses yeux
Lever les yeux,	Sont tout honteux,
Et, dans ces lieux,	Et, dans ces lieux,
Toute interdite,	Toute interdite.
Je ne sais même pas comment	Elle ne sait, la pauvre enfant,
Je dois parler en ce moment.	Comment parler en ce moment.

LÉGER, l'encourageant.

Si peu hardie !..

SAINT-GILLES.

Et si jolie !..

CLORINDE.

Cela ne saurait s'expliquer.

PAQUITTE.

Ils disent que je suis jolie,
Je crois que je peux me risquer...

(Les saluant naïvement.)

Bonjour, messieurs et mesdames...

ESTHER, à ses compagnes.

Elle se risque.

ENSEMBLE.

<table>
<tr><td>TOUS.</td><td>PAQUITTE.</td></tr>
<tr><td>De peur,</td><td>De peur,</td></tr>
<tr><td>Son cœur</td><td>Mon cœur</td></tr>
<tr><td>Bien moins s'agite,</td><td>Bien moins s'agite :</td></tr>
<tr><td>Déja ses yeux</td><td>Je dois, je peux</td></tr>
<tr><td>Sont moins honteux,</td><td>Lever les yeux,</td></tr>
<tr><td>Et, dans ces lieux,</td><td>Et dans ces lieux,</td></tr>
<tr><td>Cette petite</td><td>Moins interdite,</td></tr>
<tr><td>Parait savoir parfaitement</td><td>Je crois qu'à tout événement</td></tr>
<tr><td>Comment parler en ce moment.</td><td>Je dois parler en ce moment.</td></tr>
</table>

CLORINDE.

Peut-on savoir ce qui vous amène ?

PAQUITTE.

Ce qui m'amène... c'est le désespoir !

TOUTES.

Le désespoir !..

PAQUITTE.

Je suis une pauvre jeune fille, bien malheureureuse : j'étais décidée à me périr.

TOUTES.

Se périr !..

PAQUITTE.

Par le charbon...

CLORINDE..

C'est une blanchisseuse !

PAQUITTE.

Ou, la rivière.

CLORINDE.

Raison de plus.

PAQUITTE.

J'hésitais entre ces différens genres de mort, quand je me suis décidée pour l'état de danseuse...

LE RÉGISSEUR.

Mais on ne meurt pas de cet état-là...

ESTHER.

Au contraire !

PAQUITTE.
Air : Vaudeville de Turenne.

Comme vous, je veux être artiste
Et pour la danse maintenant
Quitter mon état de fleuriste.
ESTHER.
Ce n'est pas du tout désolant.
CLORINDE.
C'est difficile seulement.
PAQUITTE.
Oh ! devenir danseus' sans aucun doute...
Lorsque l'on est innocente, cela
Doit toujours bien coûter,
ESTHER.
Ah ! bah !
Il n'y a que l' premier pas qui coûte.
LE RÉGISSEUR, à part.
Voilà le premier qu'elle dit juste.
CLORINDE.
Mais d'où vient votre désespoir ?
PAQUITTE.
Figurez-vous que je m'étais laissée éblouir par un jeune homme qui paraissait bien bon, bien sincère...
ESTHER.
Bien sincère !.. ah ! ah ! ah !
PAQUITTE.
Vous riez de ça ?

ESTHER.

Je ris toujours , moi, je suis gaie comme un poinçon.

CLORINDE . à Paquitte avec intérêt.

Eh bien?..

PAQUITTE.

Air : Je sais attacher des rubans.

A son regard aussi doux qu'amoureux,
J'avais jugé que son âme était belle ;
Et le sommeil le montrait à mes yeux
Toujours aimant, toujours fidèle!..
A mon réveil je m'attendais
A le trouver ainsi... mais, ô mensonge !
Un homme aimant, fidèle... j'ignorais
Qu'on ne peut voir ces choses-là qu'en songe.
Un homme aimant, fidèle... j'ignorais
Qu'on ne peut voir cela qu'en songe.

SAINT—GILLES.

Il vous a trompée!..

PAQUITTE.

Mon Dieu oui!

TOUS.

Oh ! c'est affreux !

ZÉLIE.

Encore une victime !.. monstres d'hommes, va !.. et dire que j'ai été douze fois victime, à moi toute seule.

PAQUITTE.

Je vous plains bien.

CLORINDE.

Pauvre enfant !.. je comprends votre désespoir... mais pourquoi vouloir être des nôtres?

PAQUITTE.

Parce que c'est une danseuse qu'il me préfère, et je veux danser pour le narguer...

LÉGER.

C'est fort bien vu.

PAQUITTE.

Et lui prouver qu'une fleuriste peut s'élever comme une autre.

ESTHER.

Je vois la chose : Mademoiselle veut avoir deux cornes à son arche... mais qui trop embrase, mal éteint, comme dit le proverbe... entre deux selles le nez à terre !

TOUS, riant.

Ah ! ah ! ah !..

LE RÉGISSEUR.

En voilà une ribambelle !

ESTHER.

Ah ! libambelle... tant que vous voudrez... il faut réfléchir avant de changer d'état. Bierre qui coule n'amasse pas mousse..

SAINT—GILLES.

C'est un déluge.

CLORINDE.

Mademoiselle est assez gentille pour espérer des succès.

PAQUITTE.

N'est-ce pas, madame?.. et avec du travail et quelques dispositions...

LE RÉGISSEUR.

Certainement!..

LÉGER.

Montrez-nous un peu ce que vous savez faire.

PAQUITTE.

Comment... devant tout le monde?..

LE RÉGISSEUR.

Ce sont vos camarades... il y aura bien plus de monde quand vous serez devant le public.

PAQUITTE.

Oh ! le public... ça ne me fait pas si peur!.. on dit qu'il est très bon enfant quelquefois... mais c'est égal... elles riront si elles veulent... je suis prête.

LÉGER.

Voyons donc... A la première position.

PAQUITTE, mettant tout simplement un pied devant l'autre.

Voilà !..

LÉGER.

Voilà, quoi ?..

PAQUITTE.

Me voilà à la première position venue...

TOUTES, riant.

Ah! ah! ah!..

ESTHER.

Elle est jolie la position !

LÉGER.

Oh! mais ce n'est pas ça...   (Il veut lui faire mettre les pieds en dehors.

PAQUITTE.

Vous allez me jeter à terre!

LÉGER.

Cependant il faut bien...

PAQUITTE.

Il faut d'abord se tenir sur ses pieds...

LÉGER.

Oh! ça ne peut pas aller.

PAQUITTE.

Comment !.. ça ne peut pas aller ?.. laissez-moi donc aller, pour voir.

CLORINDE.

Rassurez-vous, ma petite... je veux être votre maîtresse, moi... et vais vous donner une leçon... dansez à votre manière.

PAQUITTE.

A la bonne heure... et vous me reprendrez... je vais vous danser quelque chose de ma façon, ça sera bien gentil.

ESTHER, au maître de ballet.

Et nous nous mettrons toutes de la partie... ça fera tableau.

(Paquitte se met à danser d'une manière simple, naïve et comique à la fois.)

TOUS, pendant qu'elle danse

AIR de la Fiancée.

Ah! quel air gracieux !
Est-elle originale !
Quelle mine virginale,
Quand elle baisse les yeux !

CLORINDE, qui a suivi tous les mouvemens de Paquitte.

Mais voici le pas que je cherche !..   (Tout le monde se met à danser.

TOUS, applaudissant.

Bravo!.. bravo!..

CLORINDE.

C'est très bien, très bien, mademoiselle.

PAQUITTE.

Je vous remercie, madame, de la leçon que vous avez bien voulu me donner.

LE RÉGISSEUR, tirant sa montre.

Ah! mon Dieu! trois heures un quart... allons... à présent que nous avons bien répété notre ensemble...

TOUTES.

Oh! oui... joliment !

SAINT-GILLES.

Il faut partir!

TOUTES.

Partons!.. partons !

CLORINDE.

Vous, mademoiselle, attendez-moi.

PAQUITTE.

Oui, vous me donnerez encore une leçon...

CHOEUR.

Air : La voilà. (APPRENTI.)
Partons tous !
Au théâtre on nous demande,
Il est temps... hâtons-nous !
Qu'on s'y rende ;
Partons tous !

Les danseuses, Saint-Gilles, Léger et le Régisseur sortent. Clorinde rentre dans son appartement.
Paquitte reste seule en scène.)

SCÈNE V.

PAQUITTE, seule.

Danseuse !.. je serai danseuse... hélas ! ce n'est pas là ce que j'avais rêvé...
Ah ! Babylas !.. Babylas !.. j'espérais, unie à toi, habiter quelque comptoir,
car, avant de te connaître, je m'étais créé ton image, ta profession même...
je me le figurais toujours herboriste ou ferblantier... mais tout espoir a dis-
paru... adieu mes pratiques que j'embellissais !.. adieu leur amitié, adieu
simples et fraîches fleurs !..

SCÈNE VI.

PAQUITTE, BABYLAS, AMÉDÉE.

AMÉDÉE, entrant le premier, à la cantonnade.

C'est bien, nous attendrons dans ce salon.   (Il entre.

BABYLAS, entrant.

Oui, nous attendrons dans ce salon.

PAQUITTE, à part.

Ah ! mon Dieu !.. je ne me trompe pas, c'est lui !.. lui, ici, dans cette mai-
son... et c'est d'une danseuse qu'il est amoureux !..

BABYLAS.

Tiens ! c'est assez voluptueux l'appartement d'une danseuse... (Apercevant Paquitte sans la reconnaître.) Ah ! quelqu'un... la femme de chambre, sans
doute. Haut.. Jeune camériste ?

PAQUITTE, à part.

Il me prend pour une servante ! (Haut.) Monsieur je ne suis pas camériste !

BABYLAS, sans la regarder.

Bah !.. qu'est-ce que vous êtes donc ?

PAQUITTE.

Je ne suis rien du tout !

BABYLAS.

C'est encore moins... (La regardant.) Ah ! mon Dieu ! mais... si fait, vous
êtes... c'est Paquitte !

PAQUITTE.

Comment ! vous me reconnaissez ?

BABYLAS, à part.

Je serais curieux de savoir si elle a gardé tout ce qu'elle emportait à la
grace de Dieu. Ah ! bah ! (Haut.) Faites-moi l'amitié, ma petite, d'aller dire
à Mlle Clorinde qu'on la demande.

PAQUITTE.

Qui ?.. moi ?..

AMÉDÉE, à Babylas.

Mais vous lui faites de la peine.

BABYLAS.

C'est vrai ! j'oubliais que la petite en tient pour moi.

PAQUITTE.

Vous vous trompez, monsieur je n'en tiens pas... au contraire, je vous
déteste... je vous...

BABYLAS.

Plus bas donc !.. plus bas !.. diable ! si l'autre arrivait !

PAQUITTE.

Allez, monsieur... c'est affreux ! vous ne vouiez pas de moi... vous êtes
libre... chacun son goût ! vous ne l'avez pas bon... ça finit là... mais venir
m'humilier !..

BABYLAS.

Silence donc!.. silence!

PAQUITTE.

Comment, vous voulez m'empêcher de crier, de me plaindre... de gémir?

BABYLAS.

Mais, non, non; plaignez-vous, gémissez... mais en dedans... ou dehors...

PAQUITTE.

Dehors!.. dehors!.. eh bien, soyez content, je m'en vais..

BABYLAS.

A la bonne heure!

PAQUITTE.

Vous, monsieur, faites la cour aux danseuses, courez après leur cœur! je souhaite que votre bonheur dure plus long-temps qu'un balancé ou une pirouette...   *Elle fait la révérence et sort.*

SCÈNE VII.

BABYLAS, AMÉDÉE.

AMÉDÉE.

Pauvre petite!..

BABYLAS.

Ma parole d'honneur! c'est désolant d'inspirer des passions aussi disproportionnées!

AMÉDÉE.

Vous êtes bien cruel envers cette jeune fille.

BABYLAS.

Que voulez-vous, mon cher diable? on ne peut pas se prodiguer à tout le monde... je n'ai qu'un cœur, et je ne peux pas le partager comme une pomme, ou un melon! Mais, enfin, nous voilà chez elle... chez ma Clorinde adorée!..

BABYLAS.

Je t'ai suivi pour te prouver que tu as tort de t'attacher à ces deux belles dames... tandis que tu dédaignes cette modeste grisette, dont le cœur est pur et désintéressé...

BABYLAS.

Mais celui de ma danseuse et de ma veuve... le sont aussi, purs et désintéressés.

AMÉDÉE.

Nous verrons bien... Pour nous en convaincre, commençons par la danseuse... la voilà!.. je te laisse seul avec elle!   *Il se cache derrière le paravent.*

SCÈNE VIII.

BABYLAS, CLORINDE.

BABYLAS.

C'est elle!.. je sens mes jambes flageoller!

CLORINDE, arrivant.

Il faut vite envoyer ces deux lettres...   *Apercevant Babylas.* Ciel!.. mes trente mille livres de rente, autrement dit mon gros marchand de bois!

BABYLAS.

Me reconnaissez-vous, ma sylphide?

CLORINDE.

Comment... vous ici!.. déjà?

BABYLAS.

C'est l'amour qui m'amène!

CLORINDE.

L'amour?.. ah! je connais...

BABYLAS.

Vous avez connu l'amour?

CLORINDE, baissant les yeux.

De réputation, seulement... pendant bien long-temps... mais depuis...

BABYLAS, vivement.

Mais depuis notre dernière entrevue, depuis ce délicieux bal masqué où vos regards me transportaient au septième ciel, et où je me suis enfui par le paradis...

CLORINDE.
Depuis ce jour où je vous ai donné...
BABYLAS.
Cette rose que je garderai comme une croix d'honneur!..
CLORINDE, avec feu.
Eh bien! oui!.. depuis ce jour-là...

AIR : Ne vois-tu pas jeune imprudent.

Ah! c'est inconcevable, en moi
Quel changement vient de se faire :
Je crois que j'aime... oui, je croi
Qu'un nouveau jour brille et m'éclaire.
Il me semble dans ce moment
Brûler d'une fidèle flamme ;
Enfin, je crois réellement
Que je deviens une autre femme :

BABYLAS.
O femme céleste, va!..
CLORINDE.
Et puis marchand de bois, c'est un bon état, n'est-ce pas?
BABYLAS.
On est sur la voie de la fortune... et la mienne est à vous, si vous m'aimez sincèrement.
CLORINDE.
Si je t'aime!.. si je l'aime!.. ah! tous mes trésors sont ta tendresse, tes beaux yeux sont tous mes amours.
BABYLAS.
Il se pourrait... Clorinde!.. (A part.) Et lui qui doutait de sa tendresse pour moi! (Haut.) Ma Clorinde! (Criant vers le paravent.) Tous ses trésors sont ma tendresse... et mes beaux yeux... mes beaux yeux sont tous ses amours!
CLORINDE.
Babylas, de grace!..
BABYLAS, à genoux.
C'en est fait, je mets ma main à tes pieds...et je le jure... à toi, à toi, pour l'éter... (On frappe à la porte.) Qu'est-ce qui est là?..
LE RÉGISSEUR, en dehors.
C'est moi... peut-on entrer?
CLORINDE, à part.
Le régisseur!.. (Haut.) Votre présence me compromettrait, Babylas; il faut vous cacher.
BABYLAS.
Me cacher?
CLORINDE.
Oui, là... dans cette chambre, pour un instant.
BABYLAS.
Mais...
CLORINDE.
De grace!..
BABYLAS.
Je m'y résouds...
(Il entre dans la chambre, et tandis que Clorinde va ouvrir, Amédée l'en fait sortir et se cache avec lui derrière le paravent.)
AMÉDÉE.
Voilà que ça commence.

SCÈNE IX.

CLORINDE, LE RÉGISSEUR, AMÉDÉE et **BABYLAS**, cachés.

LE RÉGISSEUR.
Me voilà, cher ange! j'ai quitté la répétition pour un petit moment, et j'accours près de vous.
CLORINDE, à part.
Oh! mon Dieu! quel importun! (Riant.) Et qu'avez-vous à me dire?
LE RÉGISSEUR.
Ce que j'ai à vous dire, ô mon amour?

BABYLAS.

Son amour !..

AMÉDÉE.

Silence donc !..

LE RÉGISSEUR,

J'ai à vous dire que, depuis huit jours, vous êtes avec moi d'une froideur, d'une cruauté !

BABYLAS.

Je voudrais bien voir qu'elle fût autrement...

AMÉDÉE.

Silence donc !

CLORINDE.

Mais en vérité, monsieur, je ne vous comprends pas...

LE RÉGISSEUR.

Monsieur !.. je ne comprends pas !.. vous le voyez... ai-je tort de me plaindre ?

CLORINDE, à part.

Comment faire pour m'en débarrasser ?

LE RÉGISSEUR.

Vous qui naguères me promettiez...

BABYLAS.

Qu'est-ce qu'elle lui promettait ?

AMÉDÉE.

Silence donc !

CLORINDE.

Ce que je vous promettais...

LE RÉGISSEUR.

Lorsque, pour vous faire obtenir votre nouvel engagement, vous me disiez : Badouleau, mon Badouleau !

BABYLAS.

Son Badouleau ?

LE RÉGISSEUR.

Tous mes trésors sont ta tendresse, tes beaux yeux sont tous mes amours.

BABYLAS.

Juste ce qu'elle me disait... et à un Badouleau encore !

CLORINDE.

Sans doute, mais... (A part.) Il ne s'en ira pas !

LE RÉGISSEUR.

Vous ne répondez rien. Oh ! dites que vous n'êtes pas changée !..

CLORINDE.

Mais songez donc qu'au théâtre on peut s'impatienter... que dirait-on de votre absence ?

LE RÉGISSEUR.

Oh ! charmante sollicitude, qui craint pour moi le savon du directeur !

CLORINDE.

Oui... allez ! allez !

LE RÉGISSEUR.

Air de Quinze ans d'absence

Écoutez, soyez moins tremblante.

CLORINDE.

Non. Vous m'avez assez parlé...
Je n'aurai l'âme un peu contente
Que quand vous serez en allé...

LE RÉGISSEUR,

Mon amour vous plaît à l'extrême...

CLORINDE, à part

Combien il me causait d'ennuis.

LE RÉGISSEUR.

Maintenant, est-ce encor de même ?

CLORINDE, vivement

Maintenant, c'est encore bien pis.

LE RÉGISSEUR, prenant le change.

Ah ! cette assurance me ravit, me transporte...   (Il veut lui baiser la main.)

CLORINDE.

Allez donc !.. allez donc !

LE RÉGISSEUR.

J'emporte du bonheur pour trois répétitions.   Il sort.

CLORINDE.

Ah ! m'en voilà débarrassée !

SCÈNE X.

CLORINDE, BABYLAS, se montrant.

BABYLAS.

C'est une indignité, une infamie, une horreur, une grande petitesse de votre part !

CLORINDE.

Ah ! mon Dieu ! il entendait...

BABYLAS.

Oui, j'entendais... et vous n'êtes qu'une trompeuse, une indélicate.

CLORINDE.

Moi... et pourquoi ?

BABYLAS.

Elle me le demande !.. dire à cet homme le même serment d'amour, juste le même... tous mes trésors, etc... et ses beaux yeux sont tous vos amours ?.. ses beaux yeux ! précisément il est louche.

CLORINDE.

Eh bien ! vous voyez que je me moque de lui.

BABYLAS.

Je ne vous crois pas.

CLORINDE.

Mais songez donc que cet homme... je suis obligée de le ménager.

BABYLAS.

Vous ne l'aimez donc pas ?

CLORINDE.

Pas le moins du monde ; mais au théâtre il y a bien des gens auxquels on doit des égards... un régisseur ne se met pas à la porte comme un agent de change.

BABYLAS.

Il se pourrait !.. ainsi, ces paroles que vous lui disiez..

CLORINDE.

Paroles en l'air pour le renvoyer et me trouver plus vite auprès de vous.

BABYLAS.

Auprès de moi, auprès de moi !

CLORINDE, vivement.

Air : Mire dans mes yeux, etc.

Vois donc dans mes yeux
　　Les feux
Preuves de ma flamme ;
Vois donc dans mes yeux
　　Mes feux
Et ton sort heureux !
　　Mes yeux
Miroirs de mon ame,
　　Mes yeux
Te montrent mes feux !

En le cajolant.　Puis un régisseur, c'est comme
Une ombre qui suit nos pas !..
Pour nous ce n'est pas un homme !..
Et cela ne compte pas...

ENSEMBLE.

Vois donc dans mes yeux
　　Les feux, etc.

BABYLAS.

Je vois dans ses yeux
　　Les feux

Preuves de sa flamme.
Je vois dans ses yeux
Ses feux
Et mon sort heureux.
Ses yeux,
Miroirs de son âme,
Ses yeux
Me montrent ses feux !

CLORINDE.

BABYLAS, se jetant à ses genoux.

Oh ! oui, je te crois, je te crois, ma Clorinde ; et je suis à toi, à toi pour l'éter... (On frappe à la porte.) Encore !

CLORINDE.

Qui est là ?..

LÉGER, en dehors.

C'est moi... le maître des ballets... Léger... ouvrez, ouvrez vite !

BABYLAS, se relevant.

Il est pressé, ce monsieur... qu'il reste à la porte.

CLORINDE.

Mais...

BABYLAS.

Quoi donc ?

CLORINDE.

Il faudrait...

BABYLAS.

Me cacher encore ?

CLORINDE.

Songez que ma réputation l'exige.

BABYLAS.

Ah ! mais... ah ! mais...

CLORINDE.

Je vous en prie, pour un instant !

BABYLAS.

Allons ! pour un petit instant, soit ! pourvu qu'il ne soit pas trop long...
(Il entre dans le cabinet.)

CLORINDE, fermant la porte à double tour.

Cette fois, prenons nos précautions !..   (Elle va ouvrir la porte du fond.

AMÉDÉE, délivrant Babylas.

Et nous, prenons les nôtres...   (Il le fait passer derrière le paravent.)

SCÈNE XI.
LES MÊMES, LÉGER.

CLORINDE.

Quoi ! c'est vous, M. Léger !

LÉGER.

Moi-même... ne m'attendiez-vous pas ? n'étions-nous pas convenus de nous revoir ?

BABYLAS.

Convenus de se revoir ! je suis abasourdi... convenus de se voir !.. je n'y vois plus !

LÉGER.

Je suis parvenu à augmenter de beaucoup votre pas.

CLORINDE.

En vérité ?.. ah ! c'est bien !.. c'est très bien à vous...

LÉGER.

Et de plus, j'ai trouvé moyen de diminuer celui de Fénella.

CLORINDE.

Vraiment !.. ah ! c'est encore mieux, et je vous embrasserais de bon cœur !

BABYLAS.

Ça serait gentil !

LÉGER.

Ce n'est pas moi qui m'y opposerai... mais...

CLORINDE.

Mais ?.. qu'avez-vous donc ?

LÉGER.

Je ne sais si je dois réaliser ce projet, c'est une nouvelle ennemie que je me ferai, et cela, sans me conserver votre amitié.

CLORINDE.

Oh! vous ne le pensez pas!

LÉGER.

Vous êtes bien changée, Clorinde ; je sais que vous n'attachez aucun prix à mon amour... et ce sacrifice que je vous ferais, s'adresserait peut-être à une ingrate.

CLORINDE.

Léger, M. Léger, vous ne pensez pas ce que vous dites.

BABYLAS.

Léger? ça s'appelle Léger, ça?

LÉGER, avec feu.

Oh! répètes-moi ces paroles que tu dis si bien!

BABYLAS.

Tu, tu... il la tutoie!

CLORINDE.

Ces paroles...

LÉGER.

Je t'en supplie, dis que tu ne dédaignes pas mon amour!

CLORINDE.

Mais vous le savez... tous mes trésors... sont...

BABYLAS.

Les mêmes encore! (Éternuant.) Ahtzi!

LÉGER.

Qu'est-ce que c'est que ça?

CLORINDE.

Rien, rien! mon perroquet qui s'enrhume! Ainsi, vous me promettez de tenir votre promesse? et ce pas?..

LÉGER.

Je cours à l'instant le régler sur notre nouveau plan; adieu, ma toute belle, adieu!   (Il lui baise la main et sort. Clorinde va ouvrir le cabinet.)

SCÈNE XII.

CLORINDE, BABYLAS.

BABYLAS, se montrant.

Madame!.. non, je suis ici... je vous donne ma malédiction!..

CLORINDE.

Comment! comment! vous étiez là, malgré le tour?..

BABYLAS.

De clé... et malgré celui que vous venez de me jouer...

CLORINDE.

Que voulez-vous dire?

BABYLAS.

Que cet horrible bipède qui sort d'ici, n'est pas un régisseur sans conséquence.

CLORINDE.

Mais, vous avez bien entendu que c'est le maître de ballet ; vous savez que de lui dépend toute ma gloire, ma réputation!

BABYLAS.

Mais, ce n'est pas une raison pour lui répéter les mêmes paroles...

CLORINDE, riant.

Ah! bah!

BABYLAS.

Comment?.. ah! bah!.. et ce baiser...

CLORINDE.

Sur la main! qu'est-ce que ça dit?

BABYLAS.

Si ça ne dit rien, ça sonne toujours, et ça fait beaucoup!

CLORINDE.

Ça ne fait rien du tout! d'ailleurs, nous sommes toutes comme ça, dans les danseuses.

BABYLAS.

Vraiment, toutes ?

CLORINDE.

Qu'importe une faveur banmale; qu'importe ce qu'on dit à tous, quand on ne le pense que pour un seul !

BABYLAS.

Pour un seul.. le fait est qu'il n'a pas l'air dangereux, et qu'il est très laid ! il est encore plus vilain que le louchon.

CLORINDE.

Oui... et quelle différence !

BABYLAS, à part.

En voilà donc une qui me trouve joli ! (Haut.) Oh !.. Clorinde !.. Clorinde ! vos regards m'éblouissent, me vaccinent, ma parole d'honneur ! si je ne suis pas vacciné.

CLORINDE.

Vois donc dans mes yeux
Les feux,
Preuves de ma flamme !
Vois donc dans mes yeux
Mes feux,
Et ton sort heureux !
Mes yeux,
Miroirs de mon ame,
Mes yeux
Te montrent mes feux !
Puis, des ballets, c'est le maitre,
Il fait tant pour nos appas !..
Il faut bien le reconnaître,
Et cela ne compte pas !

ENSEMBLE.

CLORINDE.	**BABYLAS.**
Vois donc dans mes yeux, etc.	Je vois dans ses yeux, etc.

BABYLAS, avec feu.

Oui, quoique l'état de danseuse soit une profession bien scabreuse et très exigeante du côté des régisseurs sans conséquence, et autres maitres de danse, je consens à fermer les yeux, à tout oublier...

CLORINDE.

Bon Babylas !

BABYLAS, à genoux.

Je veux t'appartenir... être à toi, à toi pour l'éter... (On frappe de nouveau.) Ah ! pour le coup, c'est trop fort !

CLORINDE.

Mais, qui donc peut venir encore ?

BABYLAS, se relevant.

Est-ce que je le sais, moi ?

SAINT-GILLES, en dehors.

Y êtes-vous, Clorinde ?

BABYLAS.

C'est la voix du grand nez, que je ne peux pas sentir !.. Du tout, elle n'y est pas !..

CLORINDE.

Que faites-vous ?

SAINT-GILLES.

Alors, ouvrez-moi !

BABYLAS.

Plus souvent ! je n'y suis pas non plus; il n'y a personne.

CLORINDE.

Mais, vous me perdez... c'est M. Saint-Gilles, mon seul appui, mon seul protecteur, à moi, malheureuse jeune fille, seule et abandonnée dans ce monde.

BABYLAS.

Oui, oui, j'entends ! vous n'avez que lui, et tous vos trésers sont sa tendresse, ses beaux yeux sont tous vos amours...

CLORINDE.

Quel embarras. grand Dieu!..

Vois donc dans mes yeux
Les feux! etc.

BABYLAS , avec reproche.
En vain de vos yeux
Les feux
Montrent votre flamme!
En vain de vos yeux ,
Les feux
Sont très lumineux!
Vos yeux
Miroirs de votre ame!
Vos yeux
Me sont très douteux.

CLORINDE.
Puis, ce protecteur si tendre ,
Doit-il donc compter, hélas?

BABYLAS.
Ah ça! mais, à vous entendre ,
Tout Paris ne compt'rait pas.

(On entend aussi frapper à la porte de droite.)

Encore par là!

CLORINDE , à part.

Ah! ciel!.. l'abonné de la loge infernale, je n'ai pas envoyé mes lettres!
(On frappe à la porte de gauche.) Et l'autre, maintenant!

BABYLAS.

Et par ici aussi!

CLORINDE.

Ah! je vous jure...

BABYLAS.

Allons donc !

CLORINDE.
Vois donc dans mes yeux...
Les feux , etc.
BABYLAS.

Assez! assez!

(On frappe aux trois portes successivement. — La musique continue jusqu'à la chûte du rideau.)

CLORINDE.

Que devenir?..

AMÉDÉE , sortant la tête par-dessus le paravent.
Eh bien! Babylas?

CLORINDE.

Un homme! un homme dans mon appartement!

BABYLAS.
Parbleu! il y en a bien trois qui frappent dehors...

CLORINDE.

Je vais m'évanouir !

BABYLAS.

Attendez! reprenez avant cette rose artificielle, à laquelle je renonce de
fond en comble... à présent. vous pouvez vous évanouir. (Clorinde tombe sur
un fauteuil. — On frappe aux trois portes à la fois.)

AMÉDÉE.
Et maintenant . maître . où allons-nous?

BABYLAS.

Chez la veuve!.. (Ils se dirigent vers la porte du fond. — On frappe encore à toutes
les trois. — Le rideau baisse.)

FIN DU DEUXIÈME ACTE.

ACTE III.

Un salon. — A droite, une psyché; à gauche, une table.

SCÈNE I.

DOROTHÉE, PAQUITTE.

DOROTHÉE, tenant à la main plusieurs roses blanches qu'elle vient de choisir parmi d'autres fleurs.

Vous pouvez remporter toutes vos autres fleurs, Paquitte ; ces roses blanches sont les seules qui me plaisent...

PAQUITTE.

Je suis sûre qu'elles vous iront à merveille avec ce bonnet que vous attendez...

DOROTHÉE.

Mon deuil finit aujourd'hui ; à compter de demain je ne veux porter que du blanc.

PAQUITTE.

C'est la meilleure enseigne pour trouver un mari.

DOROTHÉE, d'un air innocent.

AIR : Depuis long-temps j'aimais Adèle.

Chaque couleur, à chaque femme,
Offre un éclat plus ou moins doux ;
Le blanc, image de mon ame,
Doit seul convenir à mes goûts.
Je suis, et si fraîche et si bonne!..
Le croiriez-vous? j'ai vingt-deux ans,
Et n'ai jamais trompé personne.

PAQUITTE.

Il vous reste encor bien du temps.

SCÈNE II.

LES MÊMES, SAINT-GILLES.

SAINT-GILLES entrant, est censé parler à des domestiques du dehors.

Ne m'annoncez pas!.. ne m'annoncez pas!.. j'ai mes entrées...

DOROTHÉE, avec reproche.

Ah! vous voilà, M. de Saint-Gilles!..

SAINT-GILLES.

Oui, enfin... me voici, me voici près de vous, ma toute belle! je viens chercher mon pardon ; j'accours sur les ailes du repentir!

DOROTHÉE.

C'est donc pour cela que vous tardez tant à arriver.

SAINT-GILLES.

Ah! si vous saviez comme le temps est long loin de vous!

DOROTHÉE.

Et comme il passe vite près de votre danseuse!..

PAQUITTE, finissant d'arranger ses fleurs.

C'est vrai!.. c'est le monsieur que j'ai rencontré chez les danseuses.

SAINT-GILLES.

Cruelle Dorothée, vous m'en voulez encore pour un peu de légèreté, que je me reproche comme un vol... un vol de nuit... ma parole d'honneur.

DOROTHÉE.

Il est bien temps!..

SAINT-GILLES.

Il n'est jamais trop tard pour faire pénitence.

DOROTHÉE.

Comment, monsieur, c'est pour faire pénitence que vous venez chez moi ?.. eh bien! sachez donc, que tout à l'heure encore... oui, monsieur, tout à l'heure... j'ai reçu une lettre...

SAINT-GILLES.

Une lettre!

DOROTHÉE, montrant Paquitte.

Cette petite est là pour le dire.

PAQUITTE.

Oh! ça... je l'affirme.

DOROTHÉE, reprenant vivement.

Une lettre où il y avait tout à la fois de l'amour, de la grace... de la passion... tout ce que vous voudrez!..

SAINT-GILLES.

Tout ce que je voudrai!.. dites donc tout ce que je ne voudrai pas!.. Et vous l'avez déchiffrée?..

DOROTHÉE.

Dévorée, monsieur!

PAQUITTE.

C'était si délicat.

DOROTHÉE.

Elle est d'un jeune officier qui sort de l'école.

SAINT-GILLES, avec indignation.

Un officier!.. vous êtes en correspondance avec la garnison... et vous recevez des poulets que vous dévorez!..

DOROTHÉE.

Oui, monsieur... Avec fierté. Et je les brûle ensuite.

SAINT-GILLES.

Vous les brûlez!..

PAQUITTE.

Et dans le feu encore.

SAINT-GILLES.

Dans le feu!.. ah! Dorothée, si constante... si sage... et moi, si léger... si horriblement léger!.. c'est à présent que je vois la difformité de ma conduite!.. que vous êtes belle auprès de moi!.. que je suis laid auprès de vous!.. (Plus vivement.) Je suis un monstre... toujours auprès de vous... accordez moi ma grace...   (Il se jette à genoux.)

DOROTHÉE.

Votre grace!.. quand vous osez me méconnaître... me soupçonner, moi!.. A part. Allons donner l'ordre de laisser entrer mon jeune prince étranger!

Elle sort brusquement par la gauche.

SCÈNE III.

SAINT-GILLES, PAQUITTE.

SAINT-GILLES.

Là... voilà encore mon mariage reculé!.. me faire une scène, et devant témoin encore... devant une fleuriste!.. ce qu'il y a de plus bavard en France... la perruche de la civilisation...

PAQUITTE.

Ce pauvre monsieur!.. il a l'air tout drôle.

SAINT-GILLES, à part.

Tâchons de prévenir le ridicule qui pourrait m'en arriver... enchaînons sa langue... et puis, c'est qu'elle est charmante! Haut. Jeune Paquitte!..

PAQUITTE.

Monsieur?

SAINT-GILLES, lui prenant la taille.

Jolie Paquitte!

PAQUITTE, se retirant.

Finissez donc!..

(Saint-Gilles continue à la lutiner.

SCÈNE IV.

Les Mêmes, **BABYLAS** et **AMÉDÉE**, paraissant dans le fond.

BABYLAS, entrant.

Paquitte chez la veuve!

AMÉDÉE.

Je vais te rendre invisible...cachons-nous. (Ils se mettent derrière la psyché.)

PAQUITTE, à Saint-Gilles.

Mais, restez donc tranquille!

SAINT-GILLES, à part.

Employons tous mes moyens de séduction... Haut. Un mot, bel ange...
il faut que je te dise ce que j'éprouve auprès de toi.

PAQUITTE.

Je ne comprends pas, monsieur.

BABYLAS.

Je comprends très bien, moi!

AMÉDÉE, le pinçant.

Chut!

BABYLAS.

Aïe!..

SAINT-GILLES.

Paquitte... si tu avais un appartement à choisir, dans quelle rue le loue-
rais-tu?.. la rue Coquenard te sourirait-elle?..

PAQUITTE.

Non, j'aimerais mieux une toute petite chambre rue Sainte-Anne, près
du magasin... j'ai vu un écriteau par-là...

SAINT-GILLES.

Va pour une petite chambre composée d'un salon, d'une chambre à coucher, etc., etc.

BABYLAS.

C'est une atrocité!

AMÉDÉE, le pinçant.

Encore!..

BABYLAS.

Aïe!..

SAINT-GILLES.

Et que dirais-tu d'une petite maisonnette à Auteuil, d'une demi-fortune
pour t'y transplanter?

PAQUITTE.

J'aimerais mieux tout bonnement un petit champ à Belleville, pour y
manger des fraises, boire du lait et monter à âne.

SAINT-GILLES.

Eh bien! va pour les fraises, le lait et l'âne!..

PAQUITTE.

J'aime mieux me passer de tout ça et rester sage.

BABYLAS.

Bravo! (Amédée le pince.) Aïe!.. décidément vous pincez trop fort, bon
diable! il y a long-temps que vous ne vous êtes fait les ongles.

SAINT-GILLES.

Ainsi, tu fais fi de tout?

PAQUITTE.

De tout, absolument.

SAINT-GILLES.

C'est égal!.. je te l'ai proposé, c'est comme si tu l'avais accepté.

PAQUITTE.

Ah! par exemple!..

SAINT-GILLES.

Oui, oui!.. (A part.) Si elle bavarde, je dirai que je n'ai pas voulu... ça
se fait toujours comme ça... quand on est un peu fashionable... Haut. tu
as beau me prier, je suis cruel, je ne veux pas...

PAQUITTE.

Comment? mais c'est bien moi...

SAINT-GILLES.

Je ne veux pas... je ne veux pas!..   (Il sort.)

SCÈNE V.
PAQUITTE, BABYLAS, AMÉDÉE.

PAQUITTE.

En voilà un effronté!

BABYLAS.

Impertinent Lovelace!

PAQUITTE.

Babylas!.. chez cette veuve...et elle qui attend une visite!..oh! l'ingrat!
feignons de ne pas le voir.

BABYLAS.

Recevez mes éloges, Paquitte!.. pour une fleuriste, vous vous êtes joliment conduite!

PAQUITTE, à part.

Il écoutait!..

BABYLAS.

Elle ne me répond pas... ah! j'oubliais que je suis invisible...mon cher
diable!

AMÉDÉE.

Que veux-tu?..

BABYLAS.

Comment, ce que je veux!.. mais moi, donc... ma forme, mon corps,
mes attraits... faites-moi le plaisir de rendre tout cela visible...

AMÉDÉE.

C'est juste.   (Il lui impose les mains.)

BABYLAS.

Est-ce fait?..

AMÉDÉE.

Oui!

BABYLAS.

Paquitte, votre conduite est sublime!.. par où entre-t-on chez Mme Dorothée?

PAQUITTE.

Encore!.. il faut donc, monsieur, que je vous mène chez toutes mes ri-
vales?..oh! M. Babylas, c'est affreux!.. vous qui avez bon cœur... car,
vous avez bon cœur!

BABYLAS.

Certainement, j'ai bon cœur... et ça me fait une peine du diable de vous
tourmenter... mais est-ce ma faute à moi, si j'ai enflammé trois femmes à
la fois!.. tenez, voyez-vous, Paquitte... vous m'intéressez si fort... que pour
vous je voudrais être laid... oh! mais laid comme une vieille portière.

AMÉDÉE.

Ah! voilà une preuve d'intérêt!

PAQUITTE.

Et tout ça... parce que je suis grisette... et peu vous importe que je me
désole... que je me tue!..

BABYLAS, vivement.

Vous tuer!.. ah! je devine vos sinistres pensées, jeune fille. Détruire
un ouvrage si gentil... mais c'est un meurtre!

PAQUITTE.

Vous croyez?

BABYLAS.

C'est-à-dire que vous êtes très jolie...que vous avez une innocence... qu'il
n'y a personne qui ne doive courir après...,

PAQUITTE.

Excepté vous.

BABYLAS.

Moi, comme les autres!.. parce qu'il est des choses... on a beau faire...
on sent là... il faut absolument... qu'est-ce que je dis donc?.. enfin, il ne
faut pas vous tuer...

AMÉDÉE, riant.

Il faut même bien s'en garder!

PAQUITTE.

Ah! soyez tranquille!.. j'ai dit ça dans le moment... mais certainement,
je n'en ferai rien... qui gagnerais-je?

Air : Laissez-moi le pleurer ma mère.

De vous avoir devant ma vue,
Je trouve encore ici-bas le moyen.
Je souffre, d'amour éperdue ;
Mais vous, vous vous portez si bien :
Dans ce monde où tout sait vous plaire.
Rester bien tard, à vous c'est votre espoir.
Si je partais sitôt de cette terre,
Je serais trop long-temps sans vous voir ;
Oui, je serais trop long-temps sans vous voir.

BABYLAS.

Mais, qu'est-ce qui se passe donc dans tout mon individu?.. Paquitte, vous avez une ame, des yeux, une bouche, une voix... entrons bien vite chez la veuve, car mon cœur ne sait plus où donner de la tête !

(Ils entrent chez Dorothée.)

SCÈNE VI.

PAQUITTE, seule.

Ah ! j'en suis sûre... il a été ému... oui, oui, il tremblait en parlant, il me regardait, il me souriait... il battait la campagne !.. je crois même qu'il m'a serré la main... enfin, comme il le disait lui-même... son cœur ne savait plus où donner de la tête... que j'étais contente !.. ah ! oui... mais c'est déjà passé... il est entré chez la veuve... et je serai toujours malheureuse !.. (Pleurant.) Ah ! ah !..

SCÈNE VII.

PAQUITTE, CLORINDE, paraissant vêtue en petit officier, et avec des moustaches.

CLORINDE.

Ah ! m'y voici !.. qu'est-ce qui pleure donc là?.. (A part.) Eh ! mais, c'est la petite grisette !..

PAQUITTE, à part.

Tiens ! un officier !.. sans doute, celui qui a écrit à la veuve.

CLORINDE, à part.

Il faut que je la console en militaire... (Allant à Paquitte.) Comment, ma belle enfant, nous versons des larmes... pour un amant volage, peut-être ? mais ma chère, un de perdu trois de retrouvés.

PAQUITTE.

Mais, monsieur l'officier, avoir trois amans !..c'est bon pour une danseuse !

CLORINDE, à part.

Attrape !.. (Haut.) Mais je vous assure que c'est très bon pour toutes les jolies filles en général... (A part.) Essayons notre rôle avec la petite... (Haut, en lui pressant la taille.) Et si vous vouliez, ma charmante...

PAQUITTE.

Doucement, monsieur... ce n'est pas à moi que vous avez écrit une lettre bien tendre.

CLORINDE.

Ah ! tu sais cela.

PAQUITTE.

Et je l'ai vue brûler...

CLORINDE.

C'est impossible.

PAQUITTE.

Quel amour-propre !

CLORINDE.

Impossible, te dis-je... (A part.) C'est la copie de celle que m'écrivait un petit sous-lieutenant... je ne l'ai pas brûlée, moi... et toutes les femmes se ressemblent.

PAQUITTE.

Ainsi, vous espérez...

CLORINDE.

Tourner la tête à la veuve, m'en faire aimer, chérir, idolâtrer... (A part.)
Et évincer cet ingrat Babylas qui, j'espère, me reviendra.

PAQUITTE, à part.

Dieu! s'il pouvait réussir, et faire congédier Babylas... peut-être qu'alors...

CLORINDE.

Eh bien! que dis-tu!

PAQUITTE, vivement.

Je dis que vous avez raison, qu'il faut que vous arriviez jusqu'à elle...
et je suis prête à vous seconder! mais si elle résiste?

CLORINDE.

Alors je l'enlève!

PAQUITTE.

Vous l'enlevez?

CLORINDE.

Avec l'aide de mes camarades que voici!

(Elle frappe dans ses mains, entrent toutes les danseuses vêtues aussi en petits officiers.)

SCÈNE VIII.

Les Mêmes, CAMILLE, ZÉLIE, FENELLA, ESTHER, etc.

TOUTES.

Nous voici!

CHOEUR.

Air : La belle nuit.

Au rendez-vous,
Ici, nous sommes.
Nous ferons tous, (bis.)
De fameux hommes!
Oui, comme nous,
On voit peu d'hommes...
Nos yeux, (bis.)
Sont des armes à feu!

ZÉLIE.

En voilà une échappée!

CLORINDE.

Silence!.. cette petite ignore...   (Elles reprennent leur tenue.)

PAQUITTE.

Par exemple, ils ne sont pas grands, vos militaires!

CLORINDE.

Ils ont la taille... tout le régiment est dans ce genre-là.

PAQUITTE.

C'est un joli genre!

CLORINDE, aux danseuses.

Êtes vous sûres que personne ne vous ait vues?

ZÉLIE.

Personne!

CLORINDE.

Eh bien! camarades!, tâchez jusqu'à la fin de n'être pas surpris. Dès que
la nuit viendra, concentrez vos forces sous le balcon, et à ma voix bravez
tous les dangers pour accourir...

ESTHER.

Pour ce qui est d'accourir.:. tu peux être tranquille... je suis bon soldat...
vaincre ou courir, voilà ma devise!

CLORINDE.

Que, sous aucun prétexte surtout, M. de Saint-Gilles ne puisse venir jusqu'ici. Maintenant, il faut entrer!

PAQUITTE, la retenant.

Oh! vous ne le pouvez pas... D'abord, la veuve est avec votre rival.

CLORINDE.

Raison de plus!

PAQUITTE.

Ensuite, on vous a consigné devant moi.

ESTHER.

Tant mieux ! il faut briser les portes ... forcer la consigne. et...

PAQUITTE.

Ah ! mon Dieu ! quel homme vous faites ! vous avez l'air si doux... si pacifique !

ESTHER.

Ça ne prouve rien ! il n'est pire HOMME que L'HOMME qui dort !

FÉNELLA.

Alerte ! alerte ! voilà quelqu'un qui vient par-là !

.Elle montre la porte par laquelle est sorti Babylas.

ESTHER.

Sauve qui peut !   (Elles se sauvent.

CLORINDE, remontant la scène.

Moi j'attends de pied ferme !

SCÈNE IX.

BABYLAS, CLORINDE, PAQUITTE.

BABYLAS, sortant de chez Dorothée *.

J'en ai donc trouvé une qui m'aime ! (Se retournant vers la porte.) Charmante veuve !.. ne désire plus, ne soupire plus... je suis ce qui te manque.

CLORINDE.

C'est ce que nous verrons.

BABYLAS, apercevant Paquitte.

Ah ! c'est la fleuriste ! (A lui-même.) Conçoit-on ce damné sorcier ! il n'en veut pas démordre, et malgré le ravissant accueil de Dorothée... il veut me ramener à cette petite !

CLORINDE, à part.

Tu vas avoir à qui parler.

BABYLAS, à Paquitte.

Adieu, ma petite, adieu !.. tu viendras à ma noce.

PAQUITTE, à part.

Est-il cruel !

CLORINDE, se présentant à Babylas qui va pour sortir.

Holà, mon brave !

BABYLAS, étonné.

Un militaire ! il est joliment tourné.

CLORINDE, haussant la voix.

Un mot s'il vous plaît !

BABYLAS.

Dix-sept, si vous voulez..., mes oreilles sont à votre disposition.

CLORINDE.

Alors, j'ai bien envie de les couper.

BABYLAS.

Vous dites ?

PAQUITTE.

N'en faites rien !

BABYLAS.

Militaire, ce ton tranchant ne me convient guère. Me couper les oreilles !

CLORINDE.

Il me paraît que je suis arrivé à temps... vous venez de chez la veuve.

BABYLAS.

Chasseur, ça ne vous regarde pas.

CLORINDE.

Eh bien ! je vous préviens que si jamais vous passez la porte... vous ne sortirez que par la fenêtre.

PAQUITTE, à Clorinde.

Bien ! mettez-le à la porte !

BABYLAS.

Grenadier. qu'est-ce que tout ça veut dire ? vous voulez me mutiler... me mettre à la porte par la fenêtre... pour qui me prenez-vous ?

Air : T'en souviens-tu ?

Ah! vous ne me connaissez pas sans doute
Pour m'adresser ces discours superflus.

CLORINDE.

Oh ! je vois bien aux propos que j'écoute,
Que vous ne me connaissez pas non plus.
Mais vous saurez tout ce qui peut s'en suivre,
Lorsque l'on ose affronter mon courroux !
Et je veux vous apprendre à vivre.

BABYLAS.

Je sais vivre aussi bien que vous !
Aussi bien que vous je sais vivre,
Et la preuve, c'est qu'entre nous
Je suis un peu plus gras que vous.

CLORINDE.

Insolent !.. alors, monsieur, il faut vous battre !

PAQUITTE.

Ah ! mon Dieu !

CLORINDE.

Je vous laisse le choix des armes.

BABYLAS.

Le choix des armes !

CLORINDE.

Allons, dépêchez-vous.

BABYLAS.

Un instant donc !.. puisque vous me laissez le choix des armes, donnez-moi donc le temps de choisir... je choisis... je choisis la persuasion...

PAQUITTE.

Ah ! oui... la persuasion... c'est une arme si douce !

BABYLAS.

Écoutez-moi, dragon.

CLORINDE, tapant du pied.

Point d'explication, monsieur ! j'aime Dorothée, j'en suis aimé !

BABYLAS.

Vous en êtes aimé ! vous ! c'est impossible.

CLORINDE.

Impossible ? si vous voulez en être convaincu, revenez dans une heure.

BABYLAS, regardant à sa montre.

Dans une heure, je serai convaincu?..j'accepte...

CLORINDE.

Et si vous me trouvez à ses genoux, si vous êtes certain de l'amour que je lui inspire, vous y renoncerez?

BABYLAS.

J'y renoncerai à perpétuité !

PAQUITTE, à part.

Il y renoncerait!..

CLORINDE.

Maintenant laissez-moi seule !

BABYLAS.

Je vous laisse; mais profitez bien des instans... car, voyez-vous... si vous me trompez!..

CLORINDE, vivement.

Nous nous battrons?

BABYLAS.

Du tout ! nous ne nous reverrons plus...j'aime mieux ça. Adieu, cuirassier.

(Il sort.)

SCÈNE X.

CLORINDE, PAQUITTE, UNE MODISTE, puis DOROTHÉE.

CLORINDE.

Maître du champ de bataille !

UNE MODISTE, avec un carton.

Madame Dorothée?

PAQUITTE.

C'est le bonnet qu'elle attend ; donnez. (Elle prend le carton ; la modiste sort.

CLORINDE.

Bon! il nous servira de passeport. (Se mettant derrière Paquitte.) Allons!

PAQUITTE.

Ah! mon Dieu! la porte s'ouvre, c'est Mme Dorothée!

CLORINDE.

Sois donc tranquille... (Elle se met derrière la psyché.) Voyons-la venir.

DOROTHÉE.

Eh bien! Paquitte, n'est-il venu personne pour moi?

PAQUITTE, regardant Clorinde qui lui fait des signes.

Non... si, madame, il est venu...

DOROTHÉE.

Ah! l'on m'a apporté cet élégant bonnet que j'avais commandé?

CLORINDE, à part.

Elle appelle ça un bonnet, c'est plutôt un chapeau.

DOROTHÉE.

Tu l'as vu?

Air du Baiser au Porteur.

Est-il joli?

PAQUITTE.

Sa grace enchante,
Et pourrait briller n'importe où!

DOROTHÉE.

Sa forme?

PAQUITTE.

Ma paru charmante;
Selon mo c'est un vrai bijou!

DOROTHÉE.

S'il a des qualités si belles,
Peut-il trop cher être payé?..

PAQUITTE.

Ah ! vous m'en direz des nouvelles
. Quand vous en aurez essayé !

Adieu, madame, (En sortant.) Il en arrivera ce qui pourra. (Elle sort.)

SCÉNE XI.

DOROTHÉE, CLORINDE.

CLORINDE, à part.

La voilà seule, c'est le moment de se montrer.

DOROTHÉE, qui a remonté un peu la scène.

Que vois-je? un militaire! qui êtes-vous? que voulez-vous? comment êtes-vous là?

CLORINDE, d'un air doux, résigné et baissant les yeux.

Je puis répondre à vos trois questions... je suis le jeune officier que vous avez avez consigné...je veux être aimé de vous...et je me trouve là parce que Paquitte m'a dit de vous y attendre... Pardon, madame.

DOROTHÉE.

Comment! Paquitte! quelle trahison! Mais sortez, monsieur, sortez à l'instant! je vous l'ordonne!

CLORINDE, à part.

La colère... je connais ça! tout à l'heure ce sera la pitié... (Avec timidité et soumission.) Hélas! madame...ce que je crains surtout, c'est de vous dé-plaire.., et je sors, puisque vous l'ordonnez... Pardon, madame.

(Elle se dirige vers la porte de gauche.)

DOROTHÉE, à part.

Comme il est obéissant! (Se retournant vivement.) Mais par là monsieur... c'est ma chambre à coucher.

CLORINDE.

Je suis si troublé... si malheureux de votre colère... vous que l'on disait sensible, bonne... bonne autant que vous êtes jolie... pardon, madame.

DOROTHÉE.

Allons, rassurez-vous.

CLORINDE, à part.

Oh! elle me rassure! (Reprenant son air et son ton calins.) Pauvre petit orphelin, je venais, près de vous, chercher une amie et des consolations...

DOROTHÉE, à part.

Comme sa voix est douce! (Haut.) Vous êtes orphelin?

CLORINDE.

Et confiant dans la bonté de votre cœur, je voulais vous demander un peu d'affection pour m'aider à vivre.

DOROTHÉE, à part.

Pauvre jeune homme! je ne peux pas lui refuser ça... (Haut.) Mais c'était autre chose que vous demandiez dans votre lettre.

CLORINDE.

Oh! non, madame... relisez-la, vous verrez.

DOROTHÉE la tirant de son sein.

Mais si... je vous assure!.. tenez, vous allez voir...

CLORINDE, vivement.

Ma lettre! ma lettre!..

DOROTHÉE, baissant les yeux à son tour.

Qu'ai-je fait!..

CLORINDE.

Ce n'est donc pas elle que vous avez jetée au feu, comme disait Paquitte?

DOROTHÉE.

Il fallait bien brûler quelque chose devant cette jeune fille.

CLORINDE, avec feu.

Ah! Dorothée! vous conserviez ma lettre sur votre sein!.. elle vous avait émue... elle avait su toucher votre ame!.. oh! je suis trop heureux! (Voulant lui prendre les mains.) Pardon, pardon, pour un cœur trop ardent!

DOROTHÉE.

Vous dites toujours pardon, et vous ne m'en offensez que davantage.

CLORINDE.

C'est le dernier que je vous demanderai...(A part.) De l'aplomb. (Regardant sa montre.) Babylas ne peut tarder à arriver, pressons la manœuvre. (A la veuve.) A présent, madame, il faut que vous me promettiez de ne plus recevoir ce jeune homme qui, ce matin, vous a rendu visite.

DOROTHÉE, à part.

Le prince étranger! (Haut.) Vous le connaissez?

CLORINDE, avec feu.

Il vous trompe!

DOROTHÉE.

Il me trompe, dites-vous?

CLORINDE.

Oui, Dorothée; et moi seul, je l'aime avec passion... avec... avec... (A part.) Ah! mon Dieu! comment disait-il donc, Arthur?.. (Se rappelant.) Avec délire... oh! ma Dorothée... mon bras, ma vie, mon ame... je suis prêt à tout te consacrer! (Regardant sa montre.) Encore cinq minutes...

DOROTHÉE.

Que de vérité dans son amour!

CLORINDE.

Ah! je le vois dans tes yeux, tu as pitié de moi, n'est-ce pas? de mes dix-huit ans et de mes longs malheurs... Dorothée, une main, une seule main, que je la couvre de baisers!..   (Elle se jette à ses pieds.)

DOROTHÉE.

Monsieur...

CLORINDE, l'interrompant.

Je m'appelle Arthur... appelle-moi Arthur!

DOROTHÉE, avec attendrissement.

Eh bien ! Arthur...

CLORINDE, à part, regardant à sa montre.

L'heure est passée... il n'arrive pas... c'est très embarrassant... je ne sais plus que lui demander... je vais la remercier... (Haut.) Merci ! merci ! ange adoré, c'est trop de bonté, de bonheur ! (A part.) Ces diables d'hommes, faut-il que ça ait les genoux durs !

SCÈNE XII.

LES MÊMES, BABYLAS.

BABYLAS.

Bien ! très bien !

DOROTHÉE.

Mon prince étranger !

CLORINDE, à part.

Ah ! enfin... il était temps !

DOROTHÉE, à Clorinde.

Relevez-vous donc, monsieur !

BABYLAS.

Oh ! parbleu ! c'est inutile, il n'a pas besoin de se presser.

CLORINDE, à part, se relevant.

Oui, mais moi, je suis fatiguée...

BABYLAS.

J'ai suivi la gradation... j'ai tout entendu... tout vu ! et je ne me suis montré que lorsque j'ai été sûr de mon fait... grace à mes yeux et à mes oreilles, il m'est impossible de douter...

DOROTHÉE.

Quoi ! monsieur, vous croyez ?..

BABYLAS, indigné.

Ah ! ah ! si je crois !.. elle demande si je crois !.. ainsi, deux fois trompé en un jour... c'est fini !.. je renonce aux veuves, qui ne valent pas mieux que les danseuses.

CLORINDE.

Bravo !

BABYLAS.

Et aux danseuses qui valent beaucoup moins que les veuves !

CLORINDE.

L'impertinent !

DOROTHÉE.

Soit ! monsieur... je reprends ma promesse.

BABYLAS.

Vous reprenez !.. oh ! que c'est adroit !.. c'est-à-dire que vous n'avez pas attendu pour ça... Voyez-vous, madame, dans l'état d'exaspération où vous m'avez mis, je ne me connais plus... j'épouserais n'importe qui... la première personne venue... justement, voici quelqu'un ! (Il va vers la porte.) Je l'épouse !

SCÈNE XIII.

LES MÊMES, SAINT-GILLES, arrivant tout essoufflé ; puis, LES OFFICIERS.

BABYLAS.

M. de Saint-Gilles... c'est-à-dire, non, je ne l'épouse pas... je ne peux pas l'épouser !.. si je pouvais l'épouser, je l'épouserais !

SAINT-GILLES.

Sauvez-moi ! cachez-moi ! j'ai un régiment à mes trousses !

LES OFFICIERS, dans la coulisse.

Par ici ! par ici !   (Ils entrent tous et entourent Saint-Gilles en le lutinant.)

ENSEMBLE.

Air : Vive l'amour, etc. (Chalet.)

LES OFFICIERS

Ah ! quel plaisir,
De vous faire courir !
Il faut en convenir,
Oui, vous voltigez à ravir...
Ah ! quel plaisir !
Mais, pourquoi donc nous fuir :
Est-ce pour nous punir,
Qu'ainsi vous faites le zéphir ?
Quand vous saurez mieux qui vous voulez fuir,
Que vous aurez alors de repentir !

SAINT-GILLES.

Je suis martyr...
Voulez-vous bien finir !
Je dois en convenir,
Je suis las enfin de courir !
Je suis martyr...
Cessez de m'assaillir !
C'est malgré mon désir
Que je fais ainsi le zéphir...
Je vous connais tous assez pour vous fuir;
Il est, messieurs, temps de vous repentir !

TOUS LES AUTRES.

C'est un plaisir
Que de le voir courir !
Il faut en convenir,
Saint-Gilles voltige à ravir !
C'est un plaisir !
Doit-il se dégourdir !..
Mais c'est que pour les fuir,
A merveille il fait le zéphir...
Il leur répète en vain qu'il est martyr ;
C'est qu'ils n'ont pas l'air de se repentir !

BABYLAS.

Mais enfin, qui sont-ils ?.. d'où viennent-ils ?.. si j'y comprends quelque chose, que le diable m'emporte !

SCÈNE XIV.

LES MÊMES. AMÉDÉE, amenant PAQUITTE qui se tient à l'écart.

AMÉDÉE.

Me voici, mais je ne t'emporterai pas, car je ne suis pas le diable.

BABYLAS.

Vous n'êtes pas ?..

AMÉDÉE.

En ma qualité de ton cousin, Amédée Dennemont, à qui l'on t'avait adressé...

BABYLAS.

Qu'entends-je ?

AMÉDÉE.

Je t'amène le bonheur. (Il lui présente Paquitte.) Le voici !

BABYLAS.

Paquitte !.. eh bien, oui, je l'épouse.

TOUS.

Il l'épouse !

BABYLAS.

Oui, j'épouse Paquitte, qui refuse l'appartement rue Coquenard, la maisonnette à Auteuil, le petit champ à Belleville, les fraises, le lait de M. de Saint-Gilles, et cet âne de M. de Saint-Gilles.

CLORINDE, à Babylas avec sentiment.

Vous l'épousez ?.. alors, j'ai travaillé pour une autre ; mais je ne m'en repens pas, et pour signaler ma générosité, je rends à M. de Saint-Gilles tous ses droits sur le cœur de la jolie veuve.

SAINT-GILLES.

A moi ? allons donc ! quand tout à l'heure...

CLORINDE.

Je réponds de sa vertu ! et j'en donne pour gage..

SAINT-GILLES.

Quoi ?

CLORINDE.

Mes moustaches.

TOUS, excepté les danseuses.

Clorinde !

Elle les ôte.

ESTHER, FENELLA, ZÉLIE.

(Toutes montrent leurs moustaches qu'elles ont ôtées.

Et ses compagnes...

TOUS.

Les danseuses !

CHOEUR.

Air : Final de la chambre de Rossini.

La chose est merveilleuse,

$\begin{Bmatrix} \text{Leurs} \\ \text{Vos} \end{Bmatrix}$ yeux n'y voyaient rien !

Il faut être danseuse,

Pour $\begin{Bmatrix} \text{nous} \\ \text{les} \end{Bmatrix}$ tromper si bien !

BABYLAS.

Comment ! dans tous ces militaires, il n'y avait pas un homme ?.. fiez-vous donc aux moustaches !.. c'est égal ! c'est un beau corps... de ballet !

PAQUITTE.

Enfin, c'est moi qu'il préfère !

BABYLAS.

Oui, Paquitte, et cette fois, à toi pour l'éter... j'écoutais si l'on allait frapper encore... nité, le voilà ! (Aux danseuses.) Quant à vous, messieurs ; ah ! non, pas vous... singuliers messieurs que vous autres. (Au public.) Je m'adresse à vous, jeunes hommes de tous les rangs, de tous les âges... fashionables ou épiciers, à gants jaunes ou sans gants, avec ou sans moustaches... Règle générale, voulez-vous vous marier ? prenez une femme... méfiez-vous des veuves, car c'est déjà trop... et surtout des danseuses, car ça l'est encore plus... Choisissez-en une, bien jeune, bien naïve, bien candide ; qu'elle ait avec tout ça, la voix, l'humeur et la peau douce, et je vous réponds que vous serez parfaitement heureux avec elle... si vous la trouvez !..

CHOEUR.

La chose est merveilleuse, etc.

FIN.

9 782329 656632